孤島教室

柏菲思 著

—本故事純屬虛構，如有雷同，實屬巧合。—

推薦序

「沒有快樂的老師，不會有快樂的學生。
這部小說讓讀者見證一對師生在孤島上重新建立眞摯的關係。」

——周家盈（教育及文字工作者、著有《書店日常》及《書店現場》）

「很純粹的一個校園題材輕小說故事。
諷刺的是，最重要的人生知識與做人道理，從沒有在教室中得著。
教與學，除爲了考試過關，我們還剩下甚麼？
盼每個人爲自己塡寫的人生答題，都不必依循甚麼所謂的『標準答案』，
也不必爲了別人的眼光而答得小心翼翼。」

——阿丁 Ding（格子盒作室／主編）

目錄

一 漂流記

在學校內他們關係最惡劣，此乃眾所周知的事實。無奈上天安排他們一起流落荒島，眞是最過分的惡作劇……

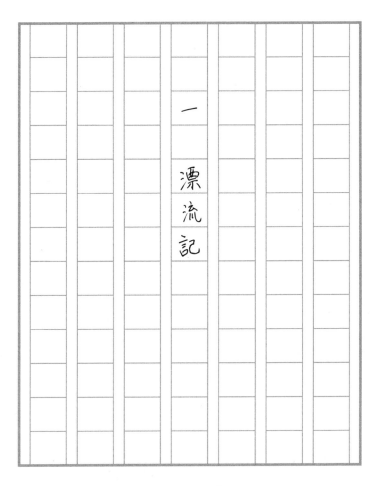

冒白的浪頭激起水花，海濤交擁，猶如疊層岩般有層次，編織出連綿不斷的大自然樂章。聆聽耳畔的水聲，彷彿覺得自己沉沒在海深，寧靜且逍遙。

然而灼熱的陽光曬遍全身，令洪偉康不得不甦醒過來。他嘗試睜開眼皮，但正午的太陽太刺眼，必須單手掩住瞳仁，避免過多紫外線跑進去，傷害視力。

日光毫不留情地溜進指縫，告知他現時正身處郊外。

「這裡是……哪裡？」

洪偉康翻側身體，打算坐起來，虛弱地用右手支撐上半身，卻因觸碰到軟綿綿的物質而整個人彈了起來。

是沙？鋪滿腳下一帶的全是幼細的沙床。他凝視交纏在指尖，那些閃閃生輝的沙粒，不禁直打哆嗦。

這眞的是現實？抑或只是身處夢境？

說起來，嘴裡有點粗糙，他用上下顎咀嚼，牙齒之間發出「沙啦、沙啦」的怪響，而且味道還很鹹臭。他一口口水吐出來，發現那居然是沙粒和鹽水的混合物，頓時湧現一股嘔吐感。

仔細感受一下，耳朵好像聽得不太清楚，他像嬰兒般搖晃不穩地站立，朝左右兩邊擺頭，海水隨即從耳洞流出來，聽覺清晰不少。原來方才昏迷當中有種沉在海底的感覺，是由於耳朵被堵塞住。

洪偉康環顧周遭，眼前只有大海，四野無人。而他此刻正站在空空如也的沙灘上，背後沒任何建築物。意思是，既不見高樓大廈，也不見有小木屋的蹤影。換言之，此島嶼原始到連丁點文明的產物也沒有。

對於城市人來說，簡直是難以想像的光景。自誕生以來，一直被石屎牆三百六十度包圍的人，突然被拋到大自然裡，不多不少亦會徬徨吧。

洪偉康身穿濕淋淋的白襯衫、西褲，布料因吸入大量水分而沉重不已。雖然舉步維艱，但他堅持前行，用每一步來回憶自己的經歷——他和另外兩名老師帶領學生交流團訪問日本，在九州附近，和「機械人」乘坐遊覽船觀光。忽然間風雲變色，然後一片混亂中，他掉進海中央，最終漂流到這無人島……

不，說是無人島未免先入爲主了，可能有機會發現原住民。但假若眞的有原住民，他們會幫忙嗎？會不會像美國電影中野蠻、殘忍，把所有沖到岸邊的傢伙五花大綁，奉獻給神明呢？

洪偉康搖頭，多想無用，說不定還有生還者被沖到小島，救命要緊。他立即開始在海邊搜索，發現不少船隻的殘骸和私人物品，順著海流漂上來。沿邊緣搜索一番，終於被他在角落發現一人。

那人伏在潮濕的礁岩上一動不動。

「他身穿的是我校的校服……」洪偉康喃語。

出於作爲老師的使命感，比起自身安全，洪偉康更著急拯救學生。他不理三七二十一，踢開沙子奔向那邊，跪下來扶起那位學生，然後看見學生的正臉——他的名字叫藍汛賢。

「這次交流團有如此多個學生參加，怎地偏偏要選中他？眞是冤家路窄。」洪偉康心想。這樣說可能違反教德，但在莘莘學子之中，他最討厭的就是這位藍汛賢。他是班中的問題兒童，經常製造事端。要是和自己沒關係還好，不幸地洪偉康就是他的班主任，再說這次自己是領團老師之一，無論如何都要對學生的安危負責任，在如此危急關頭，所有恩怨情仇都暫時扔到九霄雲外去。

「喂！醒醒吧！」

洪偉康拍打藍汛賢的臉龐，大聲喚叫，卻全然沒動靜。於是他把耳朵貼在藍汛賢的胸膛，想聽聽有沒有心跳，卻突然被一注水柱噴臉，大吃一驚。

「嘩啊！」

洪偉康摸一把臉，才發覺水柱是從藍汛賢口中噴出的。

「咳咳咳……」

懷中的藍汛賢嗆咳著，面青唇白。

「太好了，還有呼吸。」

見狀，洪偉康鬆一口氣。

「……誰？」

「是洪老師啊，你沒受傷吧？」

聽此，藍汛賢立時動動手，動動腳，身子似乎沒大礙。

「這裡是甚麼鬼地方？」

「你冷靜一點聽我說，千萬不要驚慌。」猶如在安慰自己，洪偉康正經八百地，道：「這兒是無人島。」

「無人島？」

「沒錯，我剛搜索過海灘，似乎只有我倆漂到這島上。」

「啊……我們遇上海難……」

「嗯。不知其他人怎麼樣……」

藍汎賢推開洪偉康，按住凹凸不平的岩石表面，爬起身。起初他還以爲老師在開玩笑，但當看見一望無際的汪洋，以及頭上無遮無掩的藍天白雲，他便啞口無言。

半晌，藍汎賢心情平伏過來，開口問：「附近有陸地嗎？有沒有居民？」

「似乎沒有。」

「所以說，我們被困在這裡。」

「除非你有飛天的超能力，否則……是的，我們被困住了。」

兩人四目交視，霎時間不知從何說起。在學校內他們關係最惡劣，此乃眾所周知的事實。無奈上天安排他們一起流落荒島，眞是最過分的惡作劇。

過了片刻，藍汛賢打破沉默。

「至少我們都絲毫無損，對吧，應該值得慶幸的。」

「喂喂，難道你不害怕嗎？在救援來到之前，我們必須野外求生喔，這可不是小童軍露營呀！」

「我知道，」藍汛賢聳聳肩，「除了拚命活下去之外，已經沒有別的選擇，不是嗎？」

「你怎麼比我還冷靜？」

「因爲流落荒島這種劇情太老掉牙啦，我都不懂得驚訝了。」

這可是現實，不是電視劇！洪偉康想如此反駁，但無法否認藍汛賢說得對。除了想法子生存下去，他們別無他法。但，藍汛賢明明是個孩子，而且比洪偉康少十多歲，面對這種突發情況卻處變不驚，實在令人意外。客觀角度看去，大概會覺得洪偉康才是比較不成熟那位吧？

無論如何，在這片萬里無人的海洋之上，學生和老師的無人島生活就此開始了。

二　工廠長的剖白

他的職責，就是把最佳出品交到客人，即「僱主」、「社會」手上。只要合格通過名爲「考試」的品質檢定，就是成功。假若出現問題就必須盡快解決，令生產線持續正常運作……

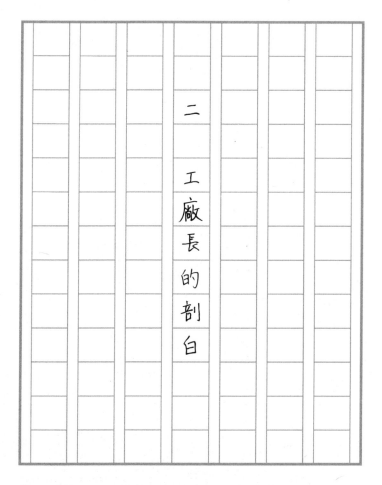

有統計指，人一生能夠直接交談的人，大約有三百個。那麼對於每年管理三十名學生的班主任而言，工作不出十年左右就會飽和。假使說全球人口有七十三億，現時在你眼前的人，和你邂逅的機率，簡直和天文數字沒分別，而當中能建立友誼的只有三十人左右，即是說，每年認識許多新面孔，到頭來沒有一半人可以留低。隨著記憶消退，一些沒太大關連的學生更可能被徹底遺忘。爲了載入新名字，腦袋必須清掃不必要的雜物。

實際上，光是應付教學進度已經非常吃力，哪還能一一記得教過怎麼樣的學生呢？這就是學校的眞相，現代教育制度的殘酷。

洪偉康，三十二歲，獨身男子。任職聖哈斯卡奧書院，中文科科主任、戲劇組課外活動顧問、五年乙班的班主任。

工作約十年，沒任何不良紀錄。因爲做事中規中矩，所以得到上司認可，擔任了中文科科主任。

然而，這次晉升令他肩負重任，忙得不可開交，整天疲於奔命，自然得先解決那些堆積如山、有實體在眼前的工作，沒餘暇理睬其他不緊急的事務。

教書這麼多年了，他直覺自己還是能夠勝任的。洪偉康知曉，班級裡潛伏著不少危機，隨時可能爆炸。但換句話也可以說，在他任期亦有可能不會發生任何問題。引爆方式和時間仍是個謎，好像玩搬運炸彈遊戲一樣，只要不輪到自己就行了。

於學生眼中要成爲好老師，睜一眼閉一眼是必要條件。肉眼看不見的東西一概不存在，別去碰。直至它露出眞面目，再解決亦未遲。爲不實在的問題煩惱，根本是杞人憂天。

＊＊＊

告知上課時間的鈴鐺響起，洪偉康隨卽從教員室出來，拿著點名簿來到五年乙班。明年是高中最後一年，一衆學生就要決定前程。那是命運的十字關口，重要的分岔路。只是，懵懂的年輕人啥也不懂。

洪偉康透過門上的窗口，觀望教室內的情況。

學生們嬉皮笑臉，使用著父母送的文具、手機，洋洋得意地坐在教室內，以爲不勞而獲是理所當然的。看，那些黃毛小子一臉得瑟，似乎瞧不起大人，便知道養兒防老已過時。

洪偉康木訥著，打開教室的門扉。放眼望去，坐滿一室的全是被寵壞的動物。他們儼然愚蠢的羊群般，剪一模一樣的髮型，用一式一樣的語氣，模仿著身邊的同伴。

接受免費教育一段日子，他們被死板的教育逼迫到快要成型。可也許他們的本質還是幼稚，太天眞無邪了。殊不知要成爲傀儡，爲繁榮貢獻餘生，直至退休那天。啊，現在連退休年歲也推遲了．無辜的羔羊，仍然未察覺將會被屠宰。

洪偉康解開白襯衫手袖的鈕扣，感覺教室內有點侷促．眞佩服學生，難道他們不覺得快窒息嗎？

他循例巡看教室內，然後一目十行，用原子筆在點名簿上劃上三十多個勾號。只是到了藍汛賢的名字旁，劃上圓圈。在同一行的備註欄目，有校務處人員的筆跡，寫著「病假缺席」。

對此，洪偉康毫不驚訝，因爲藍汛賢是逃課的慣犯。他心忖，和其他人不同，他定不是家有要事、要去考鋼琴試、又或者家族旅行日程和上課日重疊了而不得不請假，他只是純粹討厭學校罷了。

雖然作爲學生，每日被迫聽課，大多不喜歡學校，正如薪金族不喜歡公司一樣，能夠眞心熱愛工作的人，社會中只佔少數。然而，藍汛賢討厭學校似乎另有原因。每當在走廊上與他擦肩而過，洪偉康總會察覺到，那種發自心底的憎恨，並非一朝一夕積累下來的。

將藍汛賢暫時拋出腦海，洪偉康放下點名簿。班上的學生交頭接耳，壓根沒心機理會之後的宣布事項。

洪偉康毫無抑揚頓挫地公告，說：

「今年學校安排了暑期活動，到日本九州作一個月交流，團費和具體行程已經寫明在這通告上，請回去給家長簽名，明天早會把回條交還。雖然不是必然參加，但如果有興趣的同學，可以在上面勾選『參加』，方便職員檢查。稍後會另作通知，向參加者收取費用，請家長留意電郵。」

語畢，他把一疊通告遞給班長，向全員派發。然後拿起一份，走到藍汛賢的桌子前，塞進那個抽屜內，留待他回校時拿取。

「陳善美，」洪偉康向藍汛賢的鄰桌吩咐，「他回來時，記得提醒他交回條，知道沒？」

「哦……」陳善美不情不願地回答。

洪偉康面不改容，返回教師桌。對於方才女同學的反應，似乎不太意外。畢竟很難想像，班上有人能夠和藍汛賢好好相處，即使問他校內有甚麼朋友，他自己大概也回答不了。沒人喜歡孤僻的傢伙，況且，和那種壞孩子在一起丁點兒益處也沒有。

* * *

洪偉康開始今日的課堂，班上的同學低頭，專心致志地書寫著作文課題。由於每年都注視著此光景，他身心早已麻木。從事教師區區十年，要是換個角度，在教育行業幹活三十多年的老骨頭，看這教室時會否目睹另一番風景？

難怪有些老師只會依書直讀，同樣的範圍教了那麼多年，縱使有改變亦只是小改動。人重複做千篇一律的事情，很容易迷失自我，變得機械化。

學生亦然，從三歲起進入幼稚園，到了今天中五了，依然在乾啃書頁，自然會木口木面，失去笑容。特別是青春期的度過方式，最能決定一個人的人生，模式一旦制定下來，便難以篡改。

為了討好學生，也有人甘願花精力下工夫。例如自創教學法，找笑料來邊教學邊娛樂學生；又或模仿網路紅人風趣幽默的口吻，追逐時下潮流，使用貼近日常生活的教學方式。這種老師十分賣力，也許能得到學生的鍾愛。但與此同時，亦可能淪為諧星，不受尊重。太多花招，有時候反而弄巧成拙。世界沒那麼便宜，不是付出代表一切。

每個人都有各自的宗旨和信念，而這些都反映在行為舉止上。

洪偉康亦不例外，他選擇站在中間線，主要依照書本內容和進度教學，有時候加入自己的見解。這種方式不費力，且不會被認為沒誠意，能吸引部分學生關注，也避免家長投訴。

不想當小丑，惟有不投入太多情感。畢竟由最初開始便投注過多熱情，很多時候會三分鐘熱度，不能長久。淡眼看世事，反而能持續工作態度。不從學生視點出發，盡量抽身，客觀代入，以第三者身分來觀察每一位學生的品質。

大概由於情感過分抽離，幻覺愈來愈厲害。近來看班上的學生，彷彿都是毫無個性的機械人，而洪偉康則成了工廠廠長，負責幫忙出產這批新商品。

他的職責，就是把最佳出品交到客人，即「僱主」、「社會」手上。只要合格通過名爲「考試」的品質檢定，就是成功。假若出現問題就必須盡快解決，令生產線持續正常運作。直至它恢復功用，便回歸運輸帶。如果不合格，立刻把它排除。之後的事，就由不得老師來管了。

愈高大學入讀率，代表愈多有用的機械人推出市面。無人不知，卻無人承認，當今教育制度就是爲了製造更多大學生、生產大量擁有一定水平的僱員，而忽略個人。

在此大前提下，老師此職責只是負責基礎生產的齒輪。因此不可以太跳脫，必須以維持運作爲首要目標。直至有天殘舊了，生鏽了被取替、換走，才算是完成任務。

好老師、壞老師，沒一個是洪偉康想得到的稱號。他只想做本分，擔當大家要求的職務，將優等生逐一送出校園。

時光荏苒，社會在他身上榨取一點一滴，令他經已遺忘初衷。

三　小大人、大小孩

「你沒資格控制我，這兒又不是學校！」霎時間，藍汛賢像條暴戾的流浪狗，朝他狺狺怒吼，「現在只有我們兩個人，假若任何一方不同意，這兒就沒有必須遵守的規矩！」……

洪偉康和藍汎賢一起在無人島的沙灘上，信步而行。

「這裡究竟是甚麼地方？是日本，抑或別的地方？」

洪偉康以手背抵住刺眼的陽光，問。

「雖然島上沒有日文標誌，但我實在想不到可以漂到甚麼地方。」

「要是在九州外面，有可能是沖繩？韓國釜山？」

藍汎賢天真地問：「日本有沒有荒島？」

「有，６４１５個。」洪偉康嘲諷。

「所以沒有法子可以知道我們的所在地嗎？」

「除非你有谷歌地圖。」

洪偉康開了個惡意的玩笑，碰巧看見一個漂流而至的木箱，立即揭開蓋子，發覺裡面空無一物。他氣餒地，輕輕踢開木箱，向另一個擱淺在角隅的雜物群走去。

「我之前不知道，原來日本有那麼多小島。」

「國土本身就是島嶼的聚集。」

「那麼……會有漁船經過這一帶嗎？」藍汎賢垂手撿一枝形狀奇怪的浮木，「要不要在地上寫求救訊號？」

「例如呢？」

「SOS……」

兩人相對無語，怔了一怔，藍汎賢繼續動作，用浮木在沙地寫大字，期望有飛機經過會看見該圖像。洪偉康無視他，走在先頭，忽然拾起一根樹枝。

「我們必須生火。」洪偉康檢查著樹枝，「這些都濕濕的，必須找些乾燥的柴枝，還有枯葉。」

藍汎賢剛扔下浮木，立卽尾隨趕上問道：「生火幹嘛？」

「快天黑了，瞧，太陽的位置已經下沉，不久便會日落。在這種地方一入夜，四周會伸手不見五指，假若碰著新月就連月光也沒有。沒有光，我們甚麼也做不成。」

「難道你肚子不餓嗎？我認爲充飢比較緊要。」

「有火便可以取暖，還能煮食物。」

「這裡沒有食物給你煮呀！」

洪偉康理直氣壯，「和香港不同，這裡白晝和晚上氣溫差距很大。不想著涼的話，最好去找柴枝。你可不希望我們在無人島上生病，對不對？」

「這裡通地都是沙，要是覺得涼了，可以直接把身體埋在裡面保溫吧。」

「那沒用。」

「但沒有食糧和水會很快死掉啊！」

「探險留待明天吧，先解決眼前所需——」

藍汛賢打斷話兒，「我認爲確保找到食物才是首先要解決的！」

洪偉康不耐煩地揪住他的衫袖，警告他：「假若你想活下去的話，最好聽我指揮，懂了？」

「爲甚麼？」

「因爲我是大人，而且是你的老師！」洪偉康喝道：「我有責任照顧你，確保安全，讓你順利存活下去然後回家，所以你要由現在開始聽我講。」

聽畢，藍汛賢眼裡流露出反叛的神色，然後一把推開他，逕自步向叢林。

＊＊＊

斜陽照射，化作一道刺激的光線映入瞳仁。洪偉康於沙灘附近一處稀疏的林木，找到臨時庇護，只差柴木來生火而已。他撿起一枝差不多粗幼的枯枝，用石頭打磨其頂端，將它削尖，打算之後用來鑽木。幸而他小學時曾經參加過露營，所以有基本求生知識。

不待藍汛賢歸來，他已率先找到枯葉，但遲遲不見人，令他開始有點擔心。不知藍汛賢會否決定和老師分頭行事，或者在山中遭遇不測？

早知如此，不應讓學生單獨行動，他們都未摸清此無人島的底蘊，亦不知道密集的樹林裡是否有野獸存在。假若在島的另一端有懸崖，更可能失足掉下而不被察覺。

想到這裡，洪偉康的身子頓時涼了半截。他毫不猶豫，馬上站起來要去查個究竟，卻因目睹林中有人影而卻步。

那是藍汛賢，他用衣服下半部包裹著甚麼東西，露出半個肚皮，正筋疲力盡地往這邊走來。

「怎麼了？」

「我找到些桑子，要吃嗎？」

藍汛賢一手攬住努力的成果，一手拿起亮黑的桑子，遞到洪偉康鼻前。

「給我？」

「看上去不像有劇毒吧。」

「可能……只是類似桑子的果實，或者不能吃……」洪偉康囁嚅。

「但我已經吃過了，如你所見我沒事。」洪偉康瞪了他一眼，他頓時接腔：「因爲我肚子太餓，所以……」

藍汛賢再拿幾顆桑子，塞進他的掌心。

洪偉康拿來吃了兩口，突然用食指指向他的臉中央，斥責道：「不准再隨便吃東西，聽到了沒有？」

藍汛賢不回話。

「那柴枝呢？」

驀地，藍汛賢精神動搖，眼珠兒左右晃動並答道：「……沒有。」

「沒有？」

「因爲我顧著撿桑子，實在太餓了。」藍汛賢邊說，邊從後褲袋掏出數枝樹枝，「只有這些，隨地拾的。」

「這麼少。」洪偉康正顏厲色。

藍汛賢自顧自坐下，咀嚼著桑子，洪偉康沒好氣地雙手撐腰，走近他。

「不合作的話，我們兩個都無法生還吔！」

「你沒資格控制我，這兒又不是學校！」霎時間，藍汛賢像條暴戾的流浪狗，朝他狺狺怒吼，「現在只有我們兩個人，假若任何一方不同意，這兒就沒有必須遵守的規矩！」

洪偉康錯愕地凝視著藍汛賢，倏忽，腦海被狂風翻弄，昔日的記憶如浪花，一發不可收拾地湧現出來。

四 規規矩矩

「你要遵守這所學校的規矩，因爲這是爲了使組織運作暢順的重要工具。正如你生活在其他團體，各自也必然有規條，小則有家規，大則有法律。」……

名字像編號，束縛、標示、局限著每個人。曾幾何時它可能被賦予過意義，可時間已沖淡一切，令有意思的成了區區一個記號。

洪偉康自問記不清學生的名字，那些方塊字感覺都差不多。因此，他傾向用學生編號來認人。

亦因如此，逐漸無法辨識學生的相貌，眼耳口鼻，彷彿複製出來般，看不出特色。有時候會產生幻覺，看見坐滿一室的學生五官全部融化，重新組成機械人的模樣。

只有藍汛賢，如萬綠叢中一點紅，映在眼簾裡依然是活生生的人類。

在藍汛賢口中，總會突然蹦出使人摸不著頭腦的道理，唯有他自己才能理解的思想，彷彿在心中另有一個世界觀。然而，他的特立獨行，也許就是導致他在這個社會沒法成爲「優質人才」的原因。

洪偉康覺得很好奇，明明他只是典型的壞孩子，喜歡不羈放浪，可他又異於常人，他眞心渴望蛻變，不是爲了膚淺的理由，而是盼望能掌舵，然後利用自己的力量改變細小的世界。

站在洪偉康的立場看，藍汛賢是個大麻煩。一日有他的存在，就會爲整個工序製造亂子。以往如果遇見出狀況的學生，洪偉康總能迎刃而解，令生產線持續正常運作。

但，自從藍汛賢安排到他的班上，洪偉康就無法從他身上移開眼光。可想而知，在群衆中他是多麼突兀。

是次品嗎？說不定，還需要觀察一下。

＊＊＊

懶散的步兵們，沒朝氣地魚貫進場，猶如死物未被賦予靈魂。一式一樣的打扮之中，有一名標奇立異的男生穿越校門，步入洪偉康的視野。

那是藍汛賢第一次不穿校服登校，他穿上T恤、牛仔褲，單邊揹著背包，不屑地以一個箭步加入人群。意料之內，被老師發現而被當場抓住，拉往一邊去訓話。見狀，洪偉康側身前進分裂人海，走向訓導主任和藍汛賢。

「你怎可以穿成這樣上學？也不打算先匯報一下，就這樣跑過去呀！」

藍汛賢默不作聲，視線投向人群，看見有點慌張的洪偉康，小心翼翼地推開學生，從隙縫溜過來。

「李主任，這是我的學生。」

洪偉康巡看兩人的臉，向他說明。

「哦，這樣呀……」訓導主任拍一拍藍汛賢的肩，「是你班上的學生？」

「沒錯，我是班主任。」

「那交給你處理吧。」

「好，勞煩了。」

語罷，訓導主任便返回崗位，洪偉康和藍汛賢互相對視，然後一同前往教員室。讓藍汛賢坐下來之後，洪偉康聽見校鈴響起，但不理會那麼多，照樣繼續執行程序。

「如無理由，不穿校服上學是犯校規，會記小過。你會不會向我解釋為何今天沒有穿校服？」

藍汛賢迴避著他的目光，「……因為有特殊情況。」

「唔？」

「校服髒了，沒有新的替換。」藍汛賢在和自己的手指玩耍。

「家中只有一套校服？」

不知怎地，藍汛賢又緘默不語，開始環顧教員室，查看裝潢和擺設，似乎故意逃避回答。

「要是如此，建議你去多買一套，以備不時之需。」洪偉康說著，從書桌抽屜取出一張有固定格式的紀錄紙，「這次犯規，不得不作紀錄。要是沒有下次，對整體學習態度評分不會有太大影響，聽好吧。」

當洪偉康用原子筆書寫時，藍汛賢忽然主動開腔。

「爲甚麼上學一定要穿校服？」

洪偉康抬頭望他，「呃？」

「外國的高中不用穿校服。」

「那是外國的事。」

「老師喜歡和別人一模一樣嗎？」

洪偉康失笑，「哈，在說甚麼啊？」

「我覺得制服不適合我。」

起初還以爲他在開玩笑，但看到藍汎賢認眞兮兮的神情，洪偉康終於收斂笑容。他停筆，與藍汎賢面對面說：

「你要遵守這所學校的規矩，因爲這是爲了使組織運作暢順。正如你生活在其他團體，也必然各有規條，小則有家規，大則有法律。」

藍汎賢十足十問題少年，追問：「爲何我一定要遵守規矩？」

「這是爲了保障每個人都受到公平對待，也是尊重場合的一種表現。」

「即使他們沒有尊重我，我也必須尊重他們嗎？」

聽此，洪偉康咋舌了，想不到事情會發展到如此深奥的議題上。然而，他勉強堅持下去，續道：

「你怎知道他們沒尊重你？」

「因爲他們無視我的意願，不把我當人看……」

「怎可能！」

看見洪偉康反應誇張，藍汛賢不由睜大雙眼。

「欸，你說的『他們』是指誰呢？」

藍汛賢目不轉睛地盯視他，咬住下唇，一聲不吭。

洪偉康苦惱地搔搔頭皮，「你應該以行動表示，直至取得他們的尊重，人際關係可是雙箭頭吶。」

「所以……我沒辦法改變校規嗎？」

「你要先爬到能夠改變鐵規的地位，現在你只能服從。」

「這所學校又不是我挑的，卻又不可以選擇離開。」

眞是愈來愈搞不懂，這孩子的腦袋究竟裝著甚麼念頭？是青春期少年特有的空虛反思嗎？但，洪偉康作爲一個大人，認爲藍汛賢所說的不無道理。人漸漸長大，在城市遇見不同的人和事，自然會產生矛盾、摩擦。

「唉，你聽我說。」洪偉康放下手中的原子筆，嚴肅地：「人有時候就是無法控制，所以必須制定規矩，迫使人去面對。無論是學校抑或家庭性質都相近，只是規模大小不同的圈子罷了。」

那刻，藍汛賢以玄妙的眼神注視他，彷彿是世上見過最不可思議的眼神。圓形的太陽在他的瞳仁宇宙裡，安靜地燃燒。體內蘊藏著那熾熱的信念，是深不見底的海洋。

能見度太低，洪偉康只可憑藉倒影，得知一隻龐然大物正潛伏水底，還未浮上水面。看不透全體致使他抑鬱，問題依然等待誰人來將它連根拔起，但他沒勇氣伸手進去……

五 擺脫老師的制服

或者，由於他們都脫掉了不必要的制服，心與腦袋皆成了赤條條。在擺脫身分的剎那，他們終於能夠超越師生的界限，成爲單單的智慧生物，放棄地位差距上的額外顧忌……

浩瀚大洋，浮著一塊小陸地。本應只能成為剪影的叢林之中，出現了北斗星般閃爍的火光，猶如燈塔，點亮迷路船夫的雙眸。

不知已過了多久（因為沒腕錶），大概有數小時吧。洪偉康就地取材，終於順利點燃起火苗，燒成一大簇篝火提供他們溫暖。

入黑時分，兩人在漆黑中待上一陣子。洪偉康運用以前學會的經驗，製造出簡單的鑽木取火器。雖然花了很多時間，但恐懼驅使他奮鬥下去，雖然擦破了手的表皮，幸而換來了一夜安寧。

藍汎賢和他相對而坐，攬住肩膀，因寒夜難耐而一直打哆嗦。洪偉康暗忖「所以說必須先生火取暖」，卻把話兒吞回肚子裡去。他不希望借諷刺，或大人的智慧來侮辱孩子。

「會冷嗎？」

洪偉康低聲問，視線穿越熊熊火光。看見藍汎賢的臉蛋正被火舌舔著，萎靡不振且雙目無神。

「……我沒事。」

他的體溫似乎正被無形的夜風剝奪，連嗓音也開始發抖。

「你身上穿的還濕著吧，太陽下山之前來不及乾透啊。」

「老師……不也是一樣嘛……」

藍汛賢面青唇白的，這樣下去可能會感冒。洪偉康有氣無力地站起身，面向黑暗的海洋，解開襯衫的鈕扣。

「怎……麼了？」

「反正濕淋淋的，穿著也沒用。」洪偉康邊把滿是污漬的襯衫掛上附近的樹枝烘乾，邊說：「你也脫掉吧。」

「赤著身體，不會⋯⋯更冷嗎⋯⋯」

「濕身的話會更容易著涼。」

無可奈何，藍汛賢也開始脫掉上衣。洪偉康順手接住他的衣物，把它們也一一掛到同一棵樹木上。

「乾透再穿上吧。」洪偉康坐回原位，「海邊不是有很多漂流上來的雜物嘛，明天去找找有沒有能用的。也許會有些衣物，曬乾之後可以暫時替換。」

藍汛賢交叉手臂，抱住兩個膝蓋，一言不發地凝視著海面。

「好像，完全沒有船隻經過呢。」洪偉康和他一起凝眸遠眺，問：「已經想家了吧？」

「不會⋯⋯」

不知是逞強還是甚麼，藍汛賢衝口而出，沒有絲毫躊躇。

「不知人們會否發覺我們失蹤了呢？」

「其他同學的安危還不清楚，說不定日本的自衛隊正在作水上搜救。」

「從船難到漂流至這座無人島，中間究竟相隔多久了？」

「天知道。」洪偉康突然想起甚麼似地，把手伸進褲袋，「感到身子冰冷的話最好吃點食物，補充能量之餘又可解悶。」

語畢，洪偉康把一顆獨立包裝的硬糖果，塞進藍汛賢掌心。

「這個……你是在變魔術嗎？」

藍汛賢興趣盎然，以圓潤的眼睛查看洪偉康的一身裝束，實在想不出他為何會藏著零食。

「平日我常常把糖果放褲袋裡，無聊時拿出來吃，想不到如今還沒有遺失，依然在入面。現在派得上用場啦，不用客氣，吃吧。」

「這叫甚麼食物，根本無法充飢嘛……」

殊不知會遭受埋怨，洪偉康緊皺眉頭，駁斥：

「廢話真多！不吃的話還給我！」

話未說完，藍汛賢趕緊拆掉破破爛爛的塑料包裝，將糖果投入口中。他鼓起腮幫子，細心品嚐那絲絲甜膩，然後說：「味道還行。」

「我可是你的救命恩人，別嘮嘮叨叨的。再者，你摘到的桑子吃再多也不能填飽胃囊呀。」

藍汛賢沉默地咀嚼糖果，尷尬氣氛再次蔓延。

洪偉康觀察藍汛賢那副進食的模樣，他仔細地品味口中物，因熱力一點點融化出來的砂糖水，在瞬息間運行全身，走遍每一條神經，貪婪地吸收著微乎其微的營養。

有生以來，從未見過有人吃糖果如此滋味。洪偉康忽然想通了，日落之前，藍汛賢之所以不聽意見，擅自去找食物，大概是因爲他眞的太飢腸轆轆。肚皮快要貼上背脊了，才受不住誘惑，違反他的指令私下行動。

藍汛賢今年十來歲，正值發育期。在海上流浪那麼久，自然會消耗大量體力。加上胃口大，本能上急需食物補充，方能快高長大。

想到這裡，洪偉康自覺慚愧。看來他的觀察力不怎麼樣，竟然沒留意到學生的需求，一味壓抑。口裡雖然說要合作，卻全然沒聽出他的心聲。

「老師。」糖果吃光光之後，藍汛賢開口：「你看上去也沒有力氣，不餓嗎？」

「還可以啦，我體內的多餘脂肪比較厚，可以順便減肥。」洪偉康話鋒一轉，「明天一早要確保水源，水比食物更重要，否則我們過不了幾天。」

「我們還需要待多久？」

「說不定，可能明天就能脫離險境，也可能永遠沒法回香港……」

兩人的臉上不期然染上陰霾。

「無論如何，只能盡人事以安天命。雖然不知道幾點鐘，爲了保存體力，還是早點休息吧。」說著，洪偉康拿幾片收集回來的芭蕉葉，披到藍汛賢身上，「用這些掩蓋著會暖和些。」

「哦……」

藍汛賢不好意思地拉扯葉片，瞄了他一眼，就是無法說出感謝的說話。洪偉康頓了一頓，發覺沒收穫，便回到自己的位置，背對他躺下去。

「……晚安。」

打個呵欠，兩人一起臥下打算睡覺。可生活在大都市，沒甚麼野外留宿經驗的二人，均眼巴巴的無法好好入眠。但，他們並沒有交談，任由海風吹拂短髮。帶點鹽味的風和香港的迴然不同，特別清新。不過這種度假情緒，大概不會持續太久。

說時遲那時快，明明未有過思鄉念頭的藍汛賢，忽然念掛霓虹燈，還有家裡的單人床。

百無聊賴地待了一會兒，藍汛賢突然眼頭一熱，沒焦點地對空氣說話，彷彿沒有特定對象，只是在自言自語。

「有點想念手機呢……」

理所當然地，洪偉康的意識仍然清醒，當耳朵捕捉到藍汛賢的聲線時，反射性地回應。

「我也是，不習慣失去手機。」

想不到會得到回覆，藍汛賢嚇了一跳，那聲音像是在自身腦內響起似地，十分親切。

自碰面以來，他們從來沒試過心意相通。惟獨此時此刻，猶如普通朋友一樣，情感發生共鳴。也許是出生環境相似而有共同想法，或者，由於他們都脫掉了不必要的制服，心與腦袋皆成了赤條條。在擺脫身分的剎那，他們終於能夠超越師生的界限，成爲單單的智慧生物，放棄地位差距上的額外顧忌。

然而，縱使現狀表面美好，藍汛賢心中有刺，令他無法全心全意信任洪偉康。兩人雖然打破了一定隔閡，卻仍然戴著面具。他們仍未準備把眞性情吐露出來，依舊是陌路人。

六 藍色視角

在他心目中，顯然已有一套固定答案，應用在年輕人身上。他們的先入爲主，是解決懊惱的法門，可對學生而言則是最殘酷的對待……

火熱的熨斗，把那件皺巴巴的短袖襯衫，熨成平順的樣子。然而一顆忐忑的心，卻沒法平伏。

也許是獨自一人的房間太冰冷了，沒一點親情的溫度，使藍汛賢性格不圓滑，像個三尖八角的結晶體，極具攻擊性。只是，在家中不用佯裝堅強，這兒除了他以外，沒其他懂得說話的生物。

穿吸汗背心的藍汛賢，扯去熨斗的插頭，雙手拿起襯衫揚開，便把頭伸進領口穿好，扣上頸項附近的鈕子。然後他打開冰箱，邊喝著牛奶，邊到沙發揹起沉重的書包，順道瞥看一眼母親的睡房。

大開的睡房門內，空無一人，一張電動型護理床放置在正中央。由於今早太匆忙，還來不及收拾被鋪，母親的睡衣凌亂地擱在床上。

藍汛賢今天本來想向學校請假，但祖父母堅持要他去上學，說讀書才是正事。照顧兒女，則是他們的任務。可父親又如何呢？人間蒸發了，難道他就沒有責任照顧妻兒嗎？

雖然懷抱著眾多疑問，但藍汛賢惟有自問自答。有時候，甚至覺得自己有精神分裂，腦內經常展開沒結論的劇烈辯論。

踏入地鐵車廂，乘客擁擠，藍汛賢蜷縮在車門邊，猶如一動不動的海螺，扮作面沒羅的樣子。上班族都是低頭看手機，對途人不屑一顧；與他穿同樣學生校服的人們，喋喋不休地聊天，而且全是無益的內容。藍汛賢厭倦了，決定用耳機堵住煩躁情緒，以免爆發。

到達指定車站，藍汛賢與其他人一起拿八達通出閘，彷彿是賽馬的起跑線，聽到鳴槍皆向同一目標奔馳。「啵」的一聲，他拔掉耳塞，解放密封已久的耳朵。四方八面的噪音，頓時鮮明不少。

混入學生之中，感覺自己成了無血無淚，被社會複製、使用、丟棄。藍汛賢基於此份恐懼感，拒絕無處舒張的卑劣心態，把襯衫衫尾拉出褲頭，令一身裝束變得不整齊、不協調。

大人怎會容許潮流把他們的存在淹沒？他又怎樣在波濤洶湧中掙扎？

藍汛賢猶如置身風眼裡，卻要逆流而行，終將成爲破爛的小舟，墮落海底。在這世上有他能夠停靠的綠洲嗎？他只想定居在毫無紛擾的快樂之地，這也是每個人的心願吧。

在這教室中的學生和老師，人人表面上都安分守己，可內心有多少人是安於現狀的？對未來感到不安的人，只有藍汛賢嗎？

一出世就被困在四方框，要求安靜地坐著聽課，高高在上的人究竟有多了解面前的年輕人？一方面讓天性活潑的孩子坐在位上發呆，一方面又要他們主動發問，怎可能兩全其美？

扭曲，再重新塑造理想的樣式，是發明教育制度的無名氏所設計的跨世紀陰謀。無論眼前的人如何表現激情，孩子們早已失去知覺了。他們需要的，是萬能無缺的工作者。

藍汛賢左思右想，就是無法集中精神上課。他總是在計算下課時間，凝視著掛牆時鐘。並不是爲了可以早點回家打機、收看電視節目。

他如坐針氈，在書桌下緊握住手機。明知這是犯校規，但他沒法停止開關機的程序，還不斷更新訊息庫。他在等待新訊息，可電話一直處於死寂。

焦躁被溫火慢燉，悄悄然冒出白煙……

倏忽，手機一抖，他心急如焚地立卽看向螢光幕，卻因操作錯誤而按下了音樂播放鍵。一陣震耳欲聾的歌聲，隨卽刺入耳鼓。班上所有人不約而同，望向聲音來源。他們都以譴責的眼光看他，彷彿是一群受洗腦操控的機械人，霍地發現了背叛者，充滿惡意。

爲剷除異類，站在教室前方的女老師出動了。

「是你的手機響了，對吧？」女老師一手抱教科書，一手搶走手機。

「上課時禁止使用手機，你該不會不清楚吧？」

藍汛賢倔強地回瞪著她。

「雖知道你們喜歡機不離手，但也不能不專心上堂呀。何況放學之後做甚麼是你們的自由，就不可以上課時聽好老師講書，待會兒才玩遊戲嗎？」

星點怒火在藍汛賢心中點燃，甚麼叫「你們」，不就是一個人犯錯罷了，爲何要一概而論把同年代的人一併拉下水？

「只顧玩樂而荒廢學業將來定會後悔，我每年都跟學生這樣說，可是沒有人在意。看見了吧，要是有人再在堂上玩手機，我不會手下留情。」

女老師返回前方，把手機放在教師桌上。

「沒收的手機，放學之後可以來教員室問我拿回，繼續上課。」

藍汛賢雙眸滿布紅絲，桌下的拳頭像石頭般堅硬，因用力過度，手指間更出現明顯的紅印。

＊＊＊

暴走的心亂蹦亂跳，不受控制。藍汛賢一聽見放學鈴聲，馬上急若流星前往教員室，靜候女老師到來。他急需拿回手機，也許有未接來電，醫院隨時會致電給他；又或者會有來自祖父母的文字訊息，告知他母親的狀況。

良久，大概是下課時間晚了，女老師姍姍來遲，和同事肩並肩談笑，走到教員室，看見了藍汛賢的身姿映入視野。

「你來拿手機嗎？」女老師不慌不忙，「等我一下喔。」

語畢，她走入教員室，放下隨身物品後，慢條斯理地拿手機給藍汛賢，卻在交接的瞬間，止住動作不讓放手。

「下不爲例，知道了？」女老師警告他，「本來成績已經不好，就不懂得設身處地想想父母的處境嗎？假若他們知道兒子沒用心學習，一定很失望。」

藍汛賢依舊沒作聲，他無法開口作出解釋。

他不想做乖孩子，只想做眞我，可這種行爲大概會給人帶來麻煩吧。這樣太自私嗎？可一日未到十八歲，一日都是小孩子。

現時要承擔的壓力，對他而言實在太沉重。家庭、學業，只有聽長輩的話才能稱得上正確嗎？幼稚有何不妥？他很想任性，自責之心卻席捲而來。惟有佯裝出無情，模仿大人看透世事。

取回手機，藍汛賢間不容瞬開機，看新通知。有一則來自祖母的訊息，他掃視之後，立刻奔向學校出口。

外面正下著豪雨，他不知所措，因爲沒有帶雨傘，可書包內有教科書和紙張，不可弄濕。

藍汛賢掉頭回校舍，放學之後除了參與課外活動的人，大多已離開了教學主棟。他急促通過空空如也的走廊，途經禮堂門前，看見傘子收納架上，放著一大堆人們暫存的雨傘。

情急之下，藍汛賢隨手抽起一把傘子，逃也似地離開現場。分秒必爭，他必須盡快趕往醫院。

不知是跑步太快，還是罪疚心的關係，脈搏加速起來。然而他沒有止步，一直線向校門奔去。卻在此時，巧遇上洪偉康。他應該是要參加戲劇組的綵排，忽然從拐彎處閃出來，嚇了藍汛賢一大跳。

「喂，走廊上不可以亂跑！」

洪偉康擺出老師的威嚴，吆喝。

「對、對不起。」

藍汛賢因心中有愧，心臟撲通撲通的悸動。頃刻間，他看見傘子的手柄上寫有主人的名字，立時把它藏在背後。

「你這麼匆忙要去哪兒？」

「我……沒有……」

藍汛賢支吾以對，生怕被洪偉康發現傘子是偷來的，於是下意識向相反方向挪動腳步。

看見他一驚一乍的，洪偉康沒有特別表示，接著說：

「欸，先別跑，我有話說。」

洪偉康抓住他的肩膀，「上次的中文科小測你得了零分，我和其他中文老師商量過，決定要你下星期開始留堂補習。」

「留堂？」

「根本沒有學生考母語會得零分，懂嗎？」

藍汎賢回想起來，那天他因爲太疲累而一直打瞌睡，最終交了白卷。

「我知道你沒心機讀書，但這裡十分重視語文成績，這樣下去你可能畢不了業，大家都會很難過。」

只是說出這番話時，洪偉康木然無動，似乎一點也不難過。

藍汎賢迫切地，「我不能留堂！放學後要立卽回家！」

「別再懶惰啦，要珍惜讀書機會。這樣下去上不了大學，還有甚麼前途可言。」

「老師——」

「這件事已經定下來，不能改。」

「不，你聽我解釋——」

「現在沒空聽你的藉口，下次吧。」

洪偉康放棄了對話，逕自走開，留下他獨自站在原地。霎時間，藍汛賢悲從中來，淚珠兒在眼眶裡打轉，卻無人看得見那淒涼的表情。

他自覺太白痴，竟然一剎間認爲洪偉康會注意到，他之所以鬼鬼祟祟是由於偷了東西，因犯錯怕遭受懲罰。現實是，洪偉康追問他的去向也省下，更不打算質問他交白卷的理由，一味顧著說普遍的理想論。

在他心目中，顯然已有一套固定答案，應用在年輕人身上。他們的先入爲主，是解決懊惱的法門，可對學生而言則是最殘酷的對待。

師生之情實爲何物？怎麼成了形式上的概念？

那不在乎他家庭狀況、不聆聽他心聲、不察覺他的異樣的陌生漢，無止境地將「知識」擠壓給他，叫他忽略人情世故，只須一心一意應付考試。

藍汛賢驀地明白了，怎地同班同學都視老師爲爬升大學的工具，因爲除了這樣，沒有能令他們感到舒適的方法。

沒有溝通，即使身處同一個教室，亦只是各自各對死物說話而已。

七 友情蒸餾法

「大人喜歡把年輕一代視作『廢柴』，看不起他們的不成熟，這是必經階段吧。大家往往認爲一代不如一代，卻沒察覺代代都會出英雄。」……

碧藍的宇宙彷彿被抽走空氣，成了眞空。藍汛賢浮游在海中，一切愁思、懼怕，像是透過浸泡淡化，化作多若繁星的泡沫消失……

與此同時，岸上的洪偉康剛甦醒過來。清晨的陽光穿過樹蔭，分裂成無數碎片散落一地。昏昏沉沉之間，光的碎片割破了五光十色的夢，將精神喚回。他坐起身，眺望那片大海，終於憶起自己正流落無人島。

洪偉康拍打發痛的頭顱，石頭果然還是太硬，充當不了枕頭。他一腳踢開礙事的樹葉，才記得昨晚睡覺時是赤裸上身，立即到掛衣服的地方。幸而一直沒有下雨，衣服已經乾透。穿上衣服後，看見枝頭凝結著一粒粒露水。他毫不猶豫，伸出舌頭去舔一下。

回眸，四下張望，發覺藍汛賢不見了。那傢伙竟然比他早起，究竟跑到哪兒去了？

洪偉康虛弱地步出沙灘，儘管未踏入正午，太陽已把頭頂曬熱。走了好一會，還是沒有藍汛賢的蹤跡。瞬間，他感覺孤零零的，彷彿全世界只剩下他一個人。於是不期然加快腳步搜索，繼而揚聲叫喊。

「藍汛賢！你在哪兒？」

驀地，眼裡捕捉到海裡一個黑影。洪偉康停步，瞇起雙眼分析，發覺那形狀和人十分相似，頓時心中一凜。

不會淹死了吧？

洪偉康不顧三七二十一，撲向大海，朝那浮在海面的黑影前進。

藍汛賢！不要死！

一把抓住黑影拉上來，果眞是藍汛賢，他還活著！

正在暢泳的藍汛賢，萬萬沒想到海中除了他會有其他人，更沒留意有人入水。就在被拉上水面的一刻，因太害怕隨即反抗起來，反射性推開洪偉康，激起大量水花。

兩人分開，幾乎站不穩腳。在取得平衡之際，他倆出於本能反應一同嗆咳。洪偉康用手抹掉臉上的水滴，茫茫然盯看藍汛賢。

「你搞甚麼鬼啊？」

「嗄？」藍汛賢吐出不小心飲下的海水，「這是我的台詞，你突然襲擊我幹嘛？」

「我哪有襲擊你！」

「你這樣突然出現拉住人，對方會認為碰到水鬼呢！我的膽子沒被嚇破也是奇蹟耶！」

「我怎知道你是不是遇溺？」

「你昨天才把我救上岸，我為何又要特地跑到海裡遇溺？而且，這兒的水深很淺好不好！」

「因為你方才像浮屍一樣，我才……」

看見洪偉康那驚慌的神色，藍汛賢無語了，不想再糾纏下去。

「唉，回岸上再說吧。」

兩人蹣跚步行，回到沙灘。洪偉康忽然想起，好不容易乾掉的衣服又濕了。

「你一大早在海裡做甚麼？」

洪偉康邊用手擰衫角，扭出多餘的水分，邊問。

「只是想潛水罷了。」藍汛賢一副尷尬的樣子，「還有洗洗澡，喝點海水。」

「你千萬不要喝海水，會更口渴呀。」

「我也是沒法子才喝，實在忍不住，天氣太熱了……」

現時是七、八月，正值暑假，天氣自然是全年最熱的。

「我聽聞過遇難時可以喝一點點海水，讓身體支撐下去，不過要增加補充水分的次數……」〔註〕

「那是甚麼偏門知識？聽上去不太靠譜。」

「你也喝吧，可以堅持多一陣子，每次小量，不要多。」

洪偉康歎一口氣，「沒這個必要，我們現在就來製造飲用水。」

「老師知道方法嗎？」

註：關於人體是否可以靠飲用海水來活命，可參照阿蘭·邦巴爾（Alain Bombard）橫渡大西洋的經歷；參考資料如下：
http://en.wikipedia.org/wiki/Alain_Bombard
http://paradise.docastaway.com/drinking-sea-water

「略知一二吧。」

藍汛賢罕有地露出崇拜的表情。洪偉康心想，也就只有這種生死關頭，他們才能展開有意義的對話。

＊＊＊

順海流漂至岸邊的漂浮物，俯拾皆是。足足一個早上，藍汛賢和洪偉康在那兒尋找有用的垃圾。當中以人工物為多——剩下單邊的鞋子、大小不同的瓶蓋、七彩玻璃碎、帶孔的運動褲等，無所不有。令人不禁歎息，海洋的污染程度多麼嚴重。

他們捱著口渴和飢餓，為的是找到可以用來盛水的器皿，例如沒有手柄的煲、破口碗。然而，只找到一個玻璃樽。無可奈何，就決定用它。然後兩人再找來幾個塑膠袋，便返回營地。

「再沒有飲用水，我又要跑去海中解渴啦……」

藍汛賢有氣無力地撐著腰，看洪偉康用不知從何拾來的膠板當扇子，在爐火前撥動起一陣陣微風，送氧，加強其火勢。

「你給我拿這個去海邊提些水回來。」

語畢，洪偉康把玻璃樽塞進他懷裡。

「你想喝海水嗎？」藍汛賢直瞪雙眼，問道。

洪偉康沒心情向他解釋，「笨蛋，當然不是，我是要煲海水！」

「那……不是製造粗鹽的步驟嗎？」

「要鹽來幹嘛，我們又不是在燒烤。少廢話，速去速回！」

藍汛賢撅嘴巴，不知嘟囔著甚麼拿玻璃樽走了。

不久，他提了滿滿的海水歸來，正好洪偉康已準備就緒。他在柴火上堆放石頭，接著把玻璃樽固定在熱烘烘的石上。樽內的海水沸騰，經樽口升至大片樹葉的底部，凝結成水珠，水珠再沿樹葉的脈絡，流入一個破開兩半的空心皮球中，緩緩積存水分。

「這樣海水就能喝了？」藍汛賢問。

「理論上可以的，你沒聽過蒸餾海水？」

「沒有。」

「唉，現在的年輕人就是不愛讀書才這麼沒常識，野外求生的電影總看過了吧？」

藍汛賢但笑不語。

「透過蒸餾，下面積聚的水理應已轉化為淡水，你可以嚐嚐。」

「這麼少，要到何年何月才能有一杯的分量啊。」

「那麼你寧願不喝水，還是能夠喝一點兒？」

藍汛賢沒趣地瞥他一眼，不回話。

洪偉康以手指示，「拿那些塑膠袋，到叢林那邊找幾棵樹，將葉子綁起來吧。」

「用塑膠袋包葉子？有用嗎？」

「當然有用，否則怎會叫你做。明早太陽一升起，溫度有差別，葉子裡的水分便會蒸發出來，聚集在塑膠袋內。」

「感覺像鍊金術一樣……」

營地。

「拜託，快去好不好。」

語畢，藍汛賢別過頭，拿塑膠袋往叢林走去。留下洪偉康單槍匹馬，看守

想了想，在這無人島上已經歷二十四小時，怎地海面上還未見到任何船隻，天空也不見飛機的蹤跡？這裡難道是遠離各種交通工具航道的特殊地方？

洪偉康感到頭痛，用樹丫推一下火堆。火苗無力頑抗，吐舌，然後又恢復原狀。

雖說能夠確保水源，但很難想像在此鬼地方待上一個月的話，兩人會否瘋掉。即使沒釀出神經病，在資源短缺的情況下，他們或許很快會放棄和平相處，開始仇視。

一向關係差劣的他們，一直在迴避最關鍵的問題。是弱肉強食的競爭環

境，迫使他們暫時攜手合作。可當抑壓持續愈久，忿恨便愈容易爆發，到時候就不得不面對。

是甚麼使他們關係惡化？從哪裡開始出錯？

洪偉康嘗試憶起學校的事情，但回憶只會使現在的他更加悲傷。於是他決定把這些想法拋諸腦後，只專注在眼前的事情上。

＊＊＊

一點一滴累積，好不容易終於有一杯水的分量。洪偉康謹慎地，雙手捧住破開的皮球，把嘴唇放到邊緣，呷了一口。一陣透心涼的快感，傳達全身。然而，這水根本不足以補充一日流失的水分。爲了儲存更多，他動身到海邊提水。

突然，藍汛賢的面影闖入腦袋，洪偉康心想，他在哪兒呀？

那傢伙被指派到叢林幹活後，便不知所終，從太陽的位置可以推測快要午飯時分了。

洪偉康憂心忡忡，放不下心，走向叢林搜索。發現一些枝木上綁上了塑膠袋，看來藍汛賢果真有依照指示行事。可他此刻身在何方？不會獨個兒到前方那片茂密的森林探險吧？

「眞是的……總是玩失蹤。」

洪偉康埋怨，卻不厭其煩追蹤線索。跟隨塑膠袋所布置的位置走著，去到了海岸線。只是這裡不是營地那邊，而是沙灘的另一端盡頭。他暗忖，怎地今日一整天都在找藍汛賢的所在，那小子不會事先通知一下嗎？

倏忽，他目睹浪花四濺的岩石上，有一男孩蹲著身子。那是藍汛賢的背影，洪偉康沒有立即接近他，反而默不作聲，在他身後觀察。

藍汛賢手執生鏽的鐵枝，全神貫注盯梢著岩石的隙縫。時而用鐵枝刺入縫口，時而在挖掘甚麼似地，俯下身子窺視進去。不理會否被海水沾濕，徘徊在浪頭拍打的岩岸。

「喂！」洪偉康叫喚。

可浪花沖刷似乎淹沒了他的聲線，沒聽見叫聲的藍汛賢，繼續自顧自行動。驀地他伏在岩面，伸手到隙縫裡使勁地拉扯甚麼。彷彿在挑戰羅馬的眞理之口，隨時可能被咬住不放。

看見那驚險一幕，生怕他會掉入海中，洪偉康奮不顧身，立馬拔足直奔向他。

「小心呀！」

洪偉康扯開喉嚨呼喊，卻在千鈞一髮之際，藍汛賢起身，屁股撞向身後來人，將他撞飛了。

聽見背後有重物落地的聲音，藍汛賢循聲望去，發現洪偉康趴地不起，立時上前扶他一把。

「老師！你怎麼來了？」

「是誰先失蹤啊？」洪偉康惱羞成怒。

「失蹤？」

藍汛賢不明就裡地歪了歪脖子。

「你又在幹甚麼？做完我叫你做的事，就馬上回來營地吖！」

「我在找吃的，不是正午了嘛，大家都肚子餓啦。」

洪偉康漲紅著臉，「真是開玩笑，那種岩石的隙縫哪會有食物？」

藍汛賢調侃他，「看來中文科老師的知識還是只集中在語文上呢，可惜，這島上沒有其他居民，即使你懂得十國語言也沒用啊。」

「有話直說！」

「看這個。」藍汛賢攤開拳頭，把一塊形似石頭的物件展示出來，「這個依附在岩石上面，你知道是甚麼嗎？」

洪偉康失笑，「在這種危急情況底下，你還要拾天然紀念品回家嗎？」

「錯了，是貝類。」

語畢，藍汛賢把手心那灰色硬物反轉，鮮嫩的貝殼肌肉隨即展現眼前。見此，洪偉康尷尬得靜止了動作。無論他有心還是無意，都令老師成了完完全全的傻子。

基於面子問題，洪偉康乾咳幾聲，故意擺出得瑟的樣子，說：

「哈，我早知道……這個類似鮑魚的物體……名字叫啥？」

「我也不清楚，可是我想能夠食用。」

「食、食用？」洪偉康口吃起來。

「是的，那些海女、漁民不都吃這些嘛。這兒水清沙幼應該沒問題，況且我和你都愛吃魚生刺身，對不對？」

洪偉康拚命勸阻，「這是兩碼子的事！而且你沒看見海上有多少漂流物嗎？可能有機油洩漏，生吃會食物中毒呀！」

「我的肚子已經在打鼓吶。」

「慢著！先回去吧，用火烤可以消滅部分細菌！」

藍汛賢愛理不理，「哎呀，你好麻煩。我要餓瘦了，不等啦！」

他急不及待，徒手把肉從貝殼扯出，然後一口吞掉。洪偉康骨碌地吞下唾液，不敢想像後果。然而似乎沒有出狀況，他依然平安無事。

「即捉即食，好好吃。」

「當然，因爲是日本產……」洪偉康一臉汗顏。

「老師不要生吃嗎？」

「不，我們多拿幾顆，回去烤一下再吃。」

藍汛賢甩甩頭，「眞是的，新鮮吃才享受嘛。」

「小心點，說不定你待會兒便會肚子痛。」

＊＊＊

回到營地，洪偉康用樹枝疊成網狀架子，把收集回來的貝類放在上面，汗流浹背地烹調著。另一邊，藍汛賢則喝著海水蒸餾而成的飲用水，注視他的一舉一動。

「這樣大概沒問題了。」洪偉康把熟透的貝肉放在葉子上，遞給藍汛賢。

「吃吧，剛燒好有點燙，別狼吞虎嚥。」

藍汛賢反叛地，「要是我沒有去找貝殼，現在你還在挨餓呢。」

「我就是不明白你，怎麼可以一天到晚都顧住吃？」

「不顧住吃該怎麼樣？這是求生本能。」

兩人一人一顆，咀嚼著貝肉，鮮甜、多汁的口感非常美味，令他們暫時無法言語。

「噢……又活過來了。」

看見洪偉康那副亢奮的表情，藍汎賢忍俊不禁，笑出來。

「看樣子你已經餓了好久呢。」

「眞吵，你怎麼還沒有肚子痛！」

「可別小覷年輕人的胃袋哦。」

洪偉康孩子氣地詛咒著，假若有第三者在場，大概會認爲他們是同齡。吃完全部食物之後，洪偉康自然而然把心中的疑問說出來。

「爲何你的求生技能這麼厲害？我還以爲……一般年輕人都要家人服侍，甚麼也做不成。」

「不是每個００、９０後都一樣，我們全是獨立個體。人人有不同的故事，不同的成長背景……」

藍汛賢的雙眸猝然流露出悲痛的顏色，使洪偉康語結。

「呵呵，大人喜歡把年輕一代視作『廢柴』，看不起他們的不成熟，這是必經階段吧。大家往往認爲一代不如一代，卻沒察覺代代都會出英雄。」

藍汛賢收放自如，忽然又以說笑的語氣試圖緩和氣氛。

「你似乎很適合在無人島生活啊，乾脆永住下來好了。」反正你在學校也沒有朋友，和住在孤島沒分別。洪偉康暗地裡諷刺，卻沒把話兒的下半截說出口。

聽此，藍汛賢愀然改容。

「小時候……爸爸經常帶我去西貢玩耍，給我傳授了很多知識。」

「聽上去眞是位好爸爸喔。」

「但是，他失蹤了。」

「呃？」

「爸爸離家出走不見了，留下我和媽媽相依爲命。」

剎那，洪偉康變得噤若寒蟬，想不到一句平常不過的說話會戳中他的痛處。沉澱在腦海深處，那被磨蝕了的記憶浮現。他記得中期考試之後的家長會，其他學生的父母皆到場，唯獨藍汛賢只有祖母前來。

開學時，每班的班主任都會收到學生的狀況紀錄，可行政工作實在太繁忙，根本沒餘暇細心查看，只能粗略一瞥，對藍汛賢的家事，後知後覺。

洪偉康在腦內摸索記憶，在緊急聯絡人一欄，確實只有祖母的電話號碼，父母項目是空格。

原來藍汛賢給人的印象像個天生天養、野性的孩子，是由於失去父愛。

也許人只有經歷逆境才能成長、自立，但對年紀尚小的他而言，這宿命是否太殘酷？

沉思片刻之後，洪偉康才開腔。

「你以後有想法先跟我商量，不要再那樣子偷偷摸摸行動了。」

藍汎賢以五味雜陳的神情，望向他。

「因爲我們已經是拍擋。」他續道：「必須掌握彼此的行動，確保安全。不可以自把自爲、我行我素的。假若有想法不說出口，人家不會知道你腦袋內裝著甚麼主意。」

「那是因爲我不論提出甚麼，你也第一時間反對。如果你肯採納我的主意，別老是命令，那我會跟你匯報一切的……」藍汎賢不期然發牢騷。

「唔，好吧……以後會多聽你的意見，所以請你多信任我，行嗎？」

兩人同時抬起眼角，面面相覷。沒料到洪偉康會願意放下自尊，藍汛賢一下子無言以對，靦腆地低下頭。

「對不起……」

藍汛賢這出其不意的道歉，令洪偉康大吃一驚。

「不……不用道歉，以後分工合作吧。」

間不容瞬，他倆產生了共識，再次對視並報以一笑。原來羈絆，可以在這麼短短一刻產生。

洪偉康毅然盯視火光，「我們一定可以生還的，一定。」

八　沉睡機械人

成績優秀代表沒有出問題，身心健康；成績差劣則表示品質有缺陷，必須整治。這尺子最能在一瞬間對好與壞的學生做出判別……

「前陣子的日本交流團通告，藍汎賢還沒交上回條。」

陳善美的說話宛若一句引子，作爲故事的序曲，把兩人牽連到幾乎引發爭執的漩渦之中。她徑直走向禮堂中心一張板凳，上面坐著參與戲劇組綵排的洪偉康。

洪偉康扶額，「已經是四天前的事了吧？」

「因爲他再連續請了三天病假……」

確實，近來不見藍汎賢的蹤影，恍如穿上透明斗篷一樣，他徹底消失了。照理請假這麼久，回校時必須呈交醫生紙和家長信證明。

可藍汎賢素來不理睬任何學校成文的規條，只按照自己一套原則行事。理所當然地，作爲班主任的洪偉康還沒有收到那些文件。

藍汎賢果眞是個製造麻煩的天才。

「如今只剩下他一個人沒交回條。」

洪偉康瞥一眼禮堂的舞台上專心背誦台詞的學生。他們正在籌備考試後將要來臨的活動週的表演劇目，忙得不可開交。

「居然連回條也收不齊全，實在太丟臉了，全班同學都因爲他而蒙羞啦。」

半晌，陳善美若有所思地開口。

「藍汛賢他……最近似是家庭裡出了狀況，所以甚麼也不上心。」

家裡出狀況，是甚麼意思啊？

洪偉康胸中忖度，說起青少年的煩惱，無非是學業和家人關係吧。頂多是吵架，此乃反叛期最常見的問題；抑或家庭經濟有轉變，破產、貧窮；或者父母不和決定分居、離婚。

但，沒一樣事情是老師能夠插手，畢竟他管理的手法都只是最表面的——成績優秀代表沒有出問題，身心健康；成績差劣則表示品質有缺陷，必須整治。這尺子最能在一瞬間對好與壞的學生做出判別。

「即使家裡有事，責任感依然要有吧，拖累別人的做法我不能認同。」

陳善美搖搖頭，「這件事上我眞的無能爲力，我只是他的同班同學。」

洪偉康歎息，「那好吧，之後我來跟進好了，你快回家，多溫書。」

「明白了，老師再見。」

「再見……」

看見陳善美爽快地步出禮堂，便知道她有多討厭藍汛賢。洪偉康垂頭喪氣，重新把焦點投向前方，可滿腦子卻全是藍汛賢。

那傢伙，難道是爲了被人討厭而生於世上嗎？整天像黑面神般，滿懷惡意地面對人們，神憎鬼厭，敵視一切。究竟是怎麼樣的心態？

只是，洪偉康尚未發覺，阻礙工廠正常運作的程式故障，實際上不是藍汛賢，而是他本身的一成不變。很多時候，他認爲那沒甚麼大不了，不打算深入拆解引起事故的原因，待到後來，嚮個不停的故障求救訊號，恍如充電不足的手機閃著紅燈，最終將會完全熄滅。

＊＊＊

藍汛賢揮汗，奔馳在鋪設紅色瀝青的跑道上，雖然起步時慢了一拍，但很快便超越了其他健兒。

他總希望走在同伴前面，猶如先知似預知危機。不想成爲天眞無邪的小孩，而且要有機心，隨時抗衡大人定下的規則。至於能力方面亦要勝人一籌，不是指成績、社交手腕，而是攻擊性。在任何情況下都不輕易受傷害，更能保護所愛的人是他的心願。

為此必須奮力奔跑，拋棄多餘的情感……生怕會落後。

到達終點時，藍汛賢是第一名，周遭的人大概從未見過他如此拚命，皆瞠目結舌。

一向在人前表現冷漠的他，彷彿不會被世間任何事物打動。然而他卻為了體育堂上區區一次例行體能檢查，拚盡全力，實在令人費解。

藍汛賢無視眾人，彳亍到長椅那邊，喘噓噓的拿水樽喝一口清水。

與此同時，體育科老師火速到拿計時器的同學身邊，查看藍汛賢到達終點的時間，發覺他居然破了大會紀錄。他匪夷所思地瞟看藍汛賢，不久，露出欣慰的神情。

＊＊＊

翌日，在職員室舉行的老師早會結束後，體育科老師突如其來地閃現，使洪偉康防不勝防。

「洪老師！你班有名學生叫藍汛賢，沒錯吧？」

「哦，是的……」

恐怕那問題學生又犯事，洪偉康戰戰兢兢地回答。

體育科老師志得意滿地笑著，似乎有所計謀。

「那個……他得罪了你嗎？」

「沒那種事！」他高速擺弄著雙臂，否定猜測，「只是前陣子體育堂時做過體能檢查，發覺他一百米短跑的速度飛快，要是沒有計算錯誤還破了大會紀錄呢！」

想不到有人提起藍汛賢時會表露如此雀躍的表情，洪偉康不禁新奇地端詳著他。

「所以，找我有事嗎？」

「我想他加入學校田徑隊，參與暑期集訓，那明年就能代表學校出賽啦！」

洪偉康語塞了，少頃。沒想到一無是處的藍汛賢會有如此技能，被田徑隊顧問老師招攬。

「既然如此，你不是應該直接問他肯不肯參加嗎？」

「還用說，我卽場問過他了，他說不願意。我想你是班主任，可否幫幫手推一把，說服他加入田徑隊。」

洪偉康略一沉吟，「他今年中五，明年就要應付公開考試了，要是現在加入田徑隊會分心。」

「哎喲，我也明白你的苦衷。但運動是樂觀催化劑，能夠增加專注力，說不定對他的學業還有幫助呢。一昧顧著考試人可會僵硬，必要時舒活筋骨一下嘛。」

「不行。藍汎賢的成績一向不好，如果分散注意力情況可能更加糟糕。之後一年，學生要把精神全盤集中考試之上。」

「嘿，不要這麼死板——」

「假若他考不上大學，責任誰負？」

遭受洪偉康無情的拒絕，體育科老師無話可說，終於乖乖退讓了。

＊＊＊

近日要處理的事務愈來愈繁重，大概是升職之後還沒有適應吧。

洪偉康覺得「長大」這回事，或許就是指「剝削私人時間，來完成一些大家認爲對社會有貢獻的事」。漸漸地，犧牲了自我。

特別在香港，金錢是衡量一切的基準，成功者與失敗者，全看個人年間收入。至於心靈是否富足，並沒有列入考慮項目。假如因爲過勞而熬出病來，更成爲最閃亮的英勇勳章。

道理大家都懂，可人們總希望受周邊的認同。爲了迎合期望，盲從普羅大衆的幸福指標。在外界看來，老師這工作薪金豐厚，是良好的終身職業，職務亦充實、有意義，加上印象正面容易受人敬慕。

可是，有苦只有自己知。教師的責任、身分形象帶來那龐大的壓力；瑣碎的行政事務；永遠追不上的課程；家長與社會的監視……統統成爲肩上的重擔。

而且，這年頭，已不能把老師視作崇高職種了。他們也許就只是日日遵從上司的指令，依照吩咐教書，一旦脫離路軌便立即被監督、譴責。

一些老師只能以汗水換取一份短期合約，除授課之外便不休止地批改功課、定教程、製作資料文檔。沒完沒了的事務，排山倒海而至，其實已經和打工族沒分別。

一個老師不能專注在教學的年代，何來優秀的教育呢？這環境和趨勢眞的正常嗎？

無奈，光靠反思不足以改變世界。今天，洪偉康依舊拿教科書踏入教室，學生仍然面如死灰地打開書本，抄寫筆記，在這制度底下掙扎求存。

一齣悲劇裡的角色，其實只有受害者。

老師既然沒有能力創造天國，只能憑藉行動，通過課堂，指引學子在此制度中取得幸福的捷徑。了解遊戲規則，盡量讓多些人成爲贏家。

當然，要是能理解各自立場的話，事情就輕鬆得多了。即使設身處地考量對方，到頭來對方亦可能不領情。

學生自小忙於力爭上游，家長都叫他們別多管閒事，久而久之養成了利己的習慣。人與人之間失去眞正的交流，坐在班上如同機器。沒有批判思考，只著眼於片面的利益。

畢竟他們將青蔥歲月投注在一次公開考試，小小失誤便會令努力付之東流，前功盡棄。因此，每部機械人均被調校到發揮著最佳性能去應戰。

惟獨藍汛賢，在這緊要關頭居然停止運作。

平日總是招搖生事的他，最近卻進入了休眠狀態，完全靜止。即使多少次想重啟，也只得到當機的提示畫面。這樣下去莫講更正程式錯誤，連開機也開不成，如何糾正？

洪偉康注意到，每當上中文堂，藍汛賢都在沉睡中度過。縱使喚叫名字，他亦只會敷衍一下，然後又回到睡魔的懷抱。後來洪偉康從同事口中得知，藍汛賢不止在他堂上打瞌睡，在其他課堂一樣不留神聽書。

有時候，藍汛賢在午飯時間離開學校，一去不返。其他學生也用完午饍回校，可只有他無蹤無影。有時候在校鈴響起之後，他才踏進校園。守在門口的校工問及遲到的原因，他只回答說手錶壞了。實情是如何，無人知曉。

又有一次，藍汛賢在上中文課時不見人影，下課後去找人，發覺他躲在教學棟新翼的後樓梯小盹。氣得洪偉康臉紅脖子粗，叫他回去寫反省文。

不止這些，還有亂闖禁區，偷躲在聖堂逃課；不準時呈交功課；無故缺席；成績慘不忍睹等問題，均令洪偉康無法視若無睹。

藍汛賢的存在太顯眼，已在師生之間小有名氣，爲免波及他人，洪偉康不得不行動。而上帝把雙方發生齟齬的觸發點，擺放在不遠的未來……

* * *

那天午飯後第一堂，是洪偉康任教的中文科。

平日積累的壓力、疲憊，只有在上課時才能稍作歇息。老師下課才是噩夢的開始。一般情況下，教室是聖域，沒人會評頭論足，老師不用多加思考複雜的東西，只需做好份內事——教書，他最在行的。

這麼寶貴的樂土，對於一些學生來說，價值則可能完全相反。特別像藍汛賢，開講以來一直伏在桌面絲毫不動。平常他總會先注視前方，佯裝聽課，待會兒才進入睡眠狀態。可今天他老實不客氣，連同班同學一併站立，對老師打招呼行禮的基本動作，他也省略掉。

洪偉康忍聲吞氣，爲了其他同學而繼續教書。但藍汛賢毫不收斂，多番打呵欠，伸懶腰，再栽頭呼呼大睡。一連串的冒犯，使洪偉康再也沒法視而不見。他放下了教科書，學生看見他的反應，顯然明白他爲何生氣，立即噤口。

任誰也知道，洪偉康的脾氣很好，或者說如無必要他不想浪費精力發火。

可今次實在忍無可忍，他不禁向上天埋怨，假若這害群之馬在別的班級，那就不用白費力氣，處理他製造的難題。

洪偉康握緊手中的白色粉筆，瞪視藍汛賢的腦勺，大叫。

「藍汛賢！」

他依然紋風不動。

「你要睡到甚麼時候！昨晚打機打到很晚嗎？」

學生你眼望我眼，不敢正視他們任何一方。洪偉康大力拍打黑板三遍，試圖喚取關注。

「我命令你立即起來！不懂得尊重老師算得上甚麼？」

彷彿在鬧彆扭，藍汛賢故意把臉埋在雙臂之間，靜止不動。

「我說『馬上起來』！」

藍汛賢以悖逆的目光回瞪。洪偉康火上澆油，續道：

「既不學習也沒長處，將來一事無成只能成爲社會的負擔呀！難道你希望自己成爲垃圾嗎？」

藍汛賢不甚在乎也不回話。

「回答我！」洪偉康幾乎扯破嗓子，「你眞的沒有打從心底渴望有甚麼想達成的人生目標嗎？」

「……閉嘴吧！」

聽此，班房內成了一片死寂，誰也無法相信自己的耳朵。藍汛賢居然口出狂言，敢在班主任面前耍壞。

「呃？」洪偉康蹙眉毛。

「……別裝作很爲我著想的樣子……」

眾人頓時倒抽一口涼氣，連洪偉康也感到恍惚，藍汛賢如此囂張的姿態還是第一次見到。雖說如此，事到如今決不能退縮。

洪偉康拍桌，「你不但不尊重我，還不尊重同班同學和這個地方。學校可是神聖的場所，不是你任意褻瀆的！」

「呵，神聖？」藍汛賢噗嗤而笑，「你捫心自問，眞的有爲過學生的未來著想嗎？穩定升學人數、維持學校的風評才是你們最大的目的吧？」

「別扯開話題！我在跟你討論上課睡覺這件事啊！」

然而，藍汛賢執意不從，「你的教育，不過是讓我們應付考試罷了，並不是爲了我們今後的人生是否活得快樂安好。」

「眞是痴人說夢話，好，既然你不尊重我，大家都不喜歡你這種自私的傢伙，出去罰站！」

整個場面凍僵了，沒人敢製造丁點噪音。可藍汎賢大概已經目空一切，猛然用膝蓋窩踢走椅子，佇立，與洪偉康正面對峙交視好一陣子，然後邁開步子。

正當藍汎賢要踏出教室，洪偉康厲眼看他，「你像是很了解這個世界，扮作頭頭是道，可是我來告訴你……自以為是的人是你才對。」

突然，藍汎賢的雙眸泛起淚光。近距離之下，洪偉康終於發覺他的眼眶紅腫，而且並非因爲和他大吵一架，情緒激動導致的，而應該是整夜無眠的痕跡，至今仍未消散。

藍汎賢箭似地衝出教室，頭也不回。似乎已到達了崩潰的臨界點，急於逃離此片傷心之地。

九　真心解禁令

「你要知道……老師除了擔任班主任的班級以外，還會教授不同年級、班別，連人名也記不清了，怎樣看顧每位學生呢？也許你會認爲是藉口，但現實就是這樣……俗語大概叫『心有餘而力不足』吧。」……

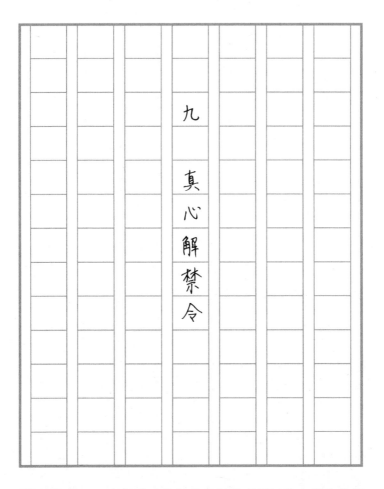

朦朧中，藍汎賢衝破了夢境回歸現實。他甦醒過來，整片夜空猶如反轉了，無名的星光倒插入水的心臟，使它蕩漾出蔚藍色的漣漪。

黎明時分，他張開婆娑淚眼，咀嚼悲傷，回到那個監獄似的地方。他在沙灘上坐著，抱緊瑟瑟發抖的肩，仰望遙不可及的星宿。假若他讀過天文學的書，也許認得出這些星星的名字。可他沒有根柢，自然無法像浪漫詩人般細數古時的神話傳說。

認不出星座的他，依舊迷失在大洋上。旁邊只有洪偉康一人，至今仍不太實在，感覺自己在做著冗長的噩夢。由於不想返回記憶裡游泳，怕碎片會刺痛舊患，藍汎賢爬起身，看見篝火將要熄滅，立即把早前收集的柴枝塞進去當燃料。

驀地，聽見一聲呻吟傳入耳朵，聞聲望去，發覺在一邊蜷曲身體的洪偉康，好像在說夢話。

藍汛賢躑躅，最終上前查看洪偉康的狀態。見他面容枯瘦，嘴唇龜裂，似乎有缺水徵狀。他趕忙去找飲用水，卻見儲水的樽子空空如也，霎時間不知如何是好。

此時，洪偉康又開始呻吟了。藍汛賢拍打他的臉頰，喚叫：「喂，老師，聽到我說話嗎？」

「唔……」洪偉康虛弱地回應著，感覺天旋地轉，連眼皮也睜不開。

從未見過老師這麼憔悴的模樣，藍汛賢內心極度惶恐。明明白晝時還好端端的，怎地一夜之間會衰竭成這樣？

藍汛賢跪在洪偉康身旁，用手摸他的耳背探熱，覺得他的體溫比平常人高一倍，原來他在發燒。

「你一定是著涼了。」藍汛賢憂心。

「是……夜風的錯……」這種時候，洪偉康竟然還以文藝腔反嘴。

「好啦，你不要逞強，先躺平。」藍汛賢邊說，邊把沉重的洪偉康拉到篝火旁邊取暖。

「你起雞皮疙瘩耶，在發冷嗎？」

藍汛賢用手摩擦他的身體，洪偉康抽搐一下嘴角，沒回答，可寒冷從皮膚滲透出來，使他渾身打寒顫。見狀，藍汛賢迅速脫下外衣，給他披上。

「先待著。」藍汛賢想了想，「會口渴吧？我去弄點水回來！」

「你要到……哪兒去取水……」

「你今早不是叫我用塑膠袋綁樹葉，收集露水嗎？我看現在該有收成了吧！」

「太陽還沒有上山啊……沒用的……」

「你看上去像根快枯乾的草，怎樣也得嘗試！」

藍汛賢二話不說，飛奔入叢林。不久，他拿著幾個塑膠袋回來，把裡面的水珠集合起來，但只有大約兩三口的分量。

「喝吧，雖然不多。」

藍汛賢一手扶起洪偉康上半身，一手拿容器把水送進他口中。洪偉康以滿布紅絲的眼睛瞄看他，嚅動著嘴巴。

「別說話。」

無奈之下，洪偉康聽話地接受學生的照顧，咕嘟咕嘟喝水，然後說。

「這水很臭……有草青味……」

「閉上眼，就當作在飲茶。」

稍微恢復元氣，洪偉康的呼吸變得平穩過來。與此同時，藍汛賢抿嘴一笑。

「眞可笑，早上你才罵我會生病，現在卻是你自己中招了，看來詛咒反彈回本人身上吶。」

「都怪你四處亂跑，害我又入水弄濕身體……」

藍汛賢幸災樂禍似地，「怎能怪我？是你太魯莽而已。」

「再說……我根本不會游泳……」

「甚、甚麼？」藍汛賢以爲自己聽錯了，再問一遍。

洪偉康如鯁在喉，「我是旱鴨子……」

「嗄？那你是怎麼漂流到島上的？」藍汛賢大吃一驚。

「失去了知覺的人懂不懂得游泳也沒分別……」

洪偉康一矢中的，使藍汛賢無法反駁。

「你可以生存至今還眞是奇蹟呀。」

「我們能夠獨處也算是奇蹟啊……」

兩人沉默對望，藍汛賢尷尬地咧嘴而笑。忽然，他想起洪偉康爲了拯救自己卽使不諳游泳仍撲入海中，不禁有點佩服。

「你明明不懂游泳卻來救我，不怕溺斃嗎？」

「根本沒有空間給我思考……況且，要是猶豫了你可能會沒命……」洪偉康別過臉去，「幸好水不深……」

藍汛賢露出羞澀的神情，「我可以自救，你以後沒事別胡亂跑到海裡去，不自量力。」

洪偉康沒回頭看他，起初藍汛賢以爲他感到難爲情，不肯直視眸子。可他發覺有些不妥，於是把他的身子強行扭過來。一瞥，發覺洪偉康的眼白紅如滴血，似是受了內傷。

「老師！你的眼睛也太紅了吧！這可不是要哭泣的表情呀！」

「誰告訴你我要哭了？」

「我剛還以爲你是害羞才轉過身。」

洪偉康推開他，咳嗽幾聲。

「是我的隱形眼鏡。」洪偉康解釋，「從遇上海難之後一直戴著，眼球快要痛死了……」

藍汛賢赫然大怒，「爲何不脫下來！」

「這種情況失去視力太危險……」

「這麼髒的隱形眼鏡，再戴下去真的會徹底失去視力吖！」

正當洪偉康伸手想揉眼睛，藍汛賢迅雷不及掩耳抓住手腕，不讓他動彈。

「把隱形眼鏡脫下！」

洪偉康皺緊眉宇，「你要老師當瞎子嗎？」

「不是。我幫你用清水洗洗，看可否弄乾淨，你順便讓眼睛休息一下。放心吧，我會小心保管的。」

＊＊＊

一刻鐘過去，藍汛賢提著大堆東西從海濱線回來營地。洪偉康傾斜身子，倚靠在大木下休息，用眼角餘光瞄看那逐漸放大的身影。

「你的隱形眼鏡洗好了，看我在那邊找到個法寶。」

藍汛賢興奮地跑向他，遞出一個上下咬合、可以開關的完整扇貝骸殼。

「這是甚麼鬼呀……」

「登登登登！」藍汛賢自製背景音效，同時打開扇貝，裡面剛好容納了隱形眼鏡，「這樣你就能保存它了，要用時才戴上，夜晚便脫下來。不過這東西有隙縫，盡量不要傾側哦。」

洪偉康以手指向浸泡隱形眼鏡的水，「這水……是甚麼來的？」

「只是普通的水，你總不能要求我在孤島上找到藥水吧。」

「我沒有那個意思……」可連飲用水也沒有，這水瞎猜不像是淡水。

「還有。」藍汛賢把一束撿來的海藻，塞進他懷裡，「我把沙子洗乾淨了，你肚餓時就咬一口充飢吧。」

「啥？」

洪偉康愣眼巴睜，拿著那些黏黏的海藻。

「海藻有些海水的鹽分，蠻好吃的。」

「別胡鬧了……」

「這營養成分很高呀，你才是『別胡鬧了』，想活下去就聽我的話。」

「不是說這島上沒有規矩嗎？」

藍汎賢自動忽略他的抱怨，「還有，原來那邊有棵椰樹。」他指一指大海那邊，「你拿著，用石頭破開便有椰子水喝了。」

洪偉康怔呵呵地捧著那顆椰子，不禁向他投以欽佩的目光。

「眞懷疑你以前是否住在郊野，居然懂得這麼多。」

「我們的祖先都是原始人啊，是遺傳。」

「別把我說成外星人似的……」

「生火是你唯一的技能，對不？」

「唉，我感覺自己一無所用。」洪偉康一臉生無可戀地抱椰子，道：「明明是老師，應該由我來照料你，抱歉……」

突然，藍汛賢皮笑肉不笑地，「不打緊，反正你在學校也沒有照料過我。」

一瞬間，他倆的對話停滯在那個岸頭，四濺的水花靜止半空，時間猶如被上天暫停了。洪偉康能聽見他話中的含義，他的孤獨和寂寞，所有被大人忽略的心聲，都伴隨打在岸邊的浪花重新震撼耳膜。

接著，時間繼續流逝。

看見洪偉康遲遲沒有動作，以爲他因病不想動的藍汛賢，終於把椰子搶回去，將它敲向旁邊的大石。外殼厚實的椰子和石頭碰撞起來，發出空洞的回音。

沉默醞釀好一陣子，洪偉康七上八下，還是決定開腔。

「你要知道……老師除了擔任班主任的班級以外，還會教授不同年級、班別，連人名也記不清了，怎樣看顧每位學生呢？也許你會認爲是藉口，但現實就是這樣……俗語大概叫『心有餘而力不足』吧。」

洪偉康窺伺藍汛賢的面色，他依然沒答腔，賣力敲著椰子殼。

「之前沒留意，原來你這麼懂得照顧人，說實話眞有點意外……」

「反正我也沒表現出來就是了。」

「對不起，給你添麻煩……」

「沒關係，我習慣了照顧人。」

「照顧誰？」

倏忽之間，藍汛賢的嗓音帶著哽咽，「媽媽，她是長期病患者，家中大小事務一向由我包辦。」

洪偉康用食指搔一搔臉蛋，對於更多未明的新事實浮面，感到手足無措。

「總而言之，體貼是你的優點，千萬別忘記……」

藍汛賢羞答答地回望他，「嗯。」

藍汎賢終於打開了椰子，鮮甜的汁液令滿是病容的洪偉康精神抖擻起來。

「一人一口，誰也不落空。」

藍汎賢邊啜一口潤滑喉嚨，邊急步走向洪偉康，親自遞上去餵他喝下。

洪偉康耳根紅了，不知是因爲害羞還是別的，「多謝……」

「這種時候互相關照是人之常情。」

「如果沒有我，你可以一個獨享島上的資源……不是更棒嗎？」

藍汎賢詫異地，「我從來沒有這樣想過！」

「……要救自己討厭的傢伙，是怎樣的心情？」

看來洪偉康對兩人之間的過節仍然耿耿於懷，藍汎賢歎口氣，回道：「換著是你，你會撇下我嗎？」

洪偉康以愛睏的眼睛，瞄看他。

藍汛賢續道，「不要自暴自棄，假若疲累了可以停下來休息，老師也是人，別把自己迫得太緊。」

霎時間，洪偉康感到鼻子酸卻努力掩飾。

「這是大人的使命……」

「使命？」藍汛賢調侃道：「都成了盲俠還可以保護誰？我早該察覺你這書呆子是個近視，真被擺了一道啦。」

「哈，所以人們常常說，要真正相處過才知道一個人的真面目。要是不嘗試接觸，根本不可能認識……」洪偉康說。

「的確，要不是一起落難，我怎知道原來老師也是個有血有肉的人。」

「我究竟……給你怎樣的印象？」

「社畜。」藍汛賢尷尬地笑一笑。

未幾，椰汁喝光了，藍汛賢把空殼拋到一邊，然後扶洪偉康躺臥休息。他頭靠石頭睡覺，右手捂住胸口，似是在感受自己的脈搏。

藍汛賢抱膝坐，時而觀察老師的病態，時而眺望風平浪靜的海洋。看東升的日光照耀心田，帶來無比溫暖，驅逐阻隔他們的黑暗。

洪偉康看藍汛賢的側臉，晨曦描繪出他的輪廓，彷彿是有生以來肉眼見過最綺麗的畫面。

「汛賢……」洪偉康脫口而出，「我們第一次見面時，就已經有各自的身分。你是學生，我是老師。正正因爲這樣我們之間有了上下關係，還有一些約定俗成的甚麼，形成了隔閡……」

藍汛賢怔忡著，聆聽他說下去。

「可立場到底代表甚麼？我們只是人，其實沒有區別，大家都被第一印象蒙蔽了雙眼而已……」

藍汛賢似懂非懂地回應，「反正我之前也沒察覺就是了，由現在開始，我們可以互相理解。」

忽然，洪偉康被一股強烈的安心感填滿，睡魔來襲。他敵不過睡意，闔上眼睛。

陽光映在眼簾，讓他看見眼皮內的紅斑。浪聲湧至，虛實交錯。

他在夢中目睹一波波紅色的浪濤，如沖印菲林片般，刷出情感的波紋。

十　紅色視角

世間總是讚賞遵循訓誡的孩子，認爲他們有爲，成年後不會叛逆。也許這也是一種調教，令孩子成人以後不敢反對大勢的決定。但失去個人思維，又如何得出定論？反對聲音則視作爲背叛嗎？……

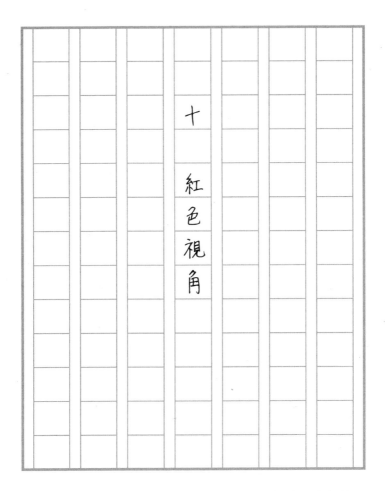

大家都說「幸福在伸手可及之處」，得知藍汛賢的背景時，洪偉康不禁想起這番話。他的不幸，令他驚覺自己的童年多麼快樂。

出生在中產家庭，對於金錢絲毫不用牽掛的洪偉康，童年度過安逸的生活。每天依照父母安排，被傭人帶著上下課。他是乖巧且有童真的小孩，而且頭腦很靈活，因此討人歡心。

要說小時候，洪偉康和藍汛賢沒半點相似。

藍汛賢失去父母親，受環境所迫心智快速成長。在他眼內，童年的歲月彷彿是閃雷，一瞬卽逝。

而洪偉康的孩提時代，雖然十分明白事理卻截然不同，有可以依賴的人。比他年長幾十年的父母，理所當然經驗豐富，他們鋪設的道路卽使有錯，也不會有害。何況順從他們能夠得到相應的「報酬」，有何不可？

世間總是讚賞遵循訓誡的孩子，認爲他們有爲，成年後不會叛逆。也許這也是一種調教，令孩子成人以後不敢反對大勢的決定。但失去個人思維，又如何得出定論？反對聲音則視作爲背叛嗎？

幼稚的洪偉康，無法思考太深奧的，那構思不夠具體。

像白紙般純粹的他，一直朝大人要求的方向走人生路。如同小動物爲了賞賜，重複正確行爲一樣，是本能反應。

只要聽話就不需要苦惱，不會令人失望，更不必爲未知感到恐懼。大人的指引卽是明燈，領他走出迷宮的神仙。

洪偉康懵然不知，並肩奔馳的孩童，臉上掛著怎樣的表情。迷霧瀰漫，他只管一昧向光明進發，周遭一切皆淡化成影子。漸漸，他開始找出其趣味之處，樂在其中。

學校和家庭同樣有它的規矩，社會亦然，擁有獨自一套遊戲規則。然而它不會明示出來，必須由自己摸索。恰巧洪偉康非常擅長發掘潛規矩，大概是天資聰敏的緣故，他能察言觀色，在團隊裡處理得特別好。

有人會覺得，那些規限令人作嘔，可洪偉康傾向喜歡。好像學校提供寫明校規的手冊，猶如電子遊戲的說明版面，會教你如何在絕地求生，平安過度數年時光。

某程度上它賞罰分明，只要你不犯規，人們便會把你視作好學生。考試則更加方便，只要你花精力、時間，加上掌握一定應試竅門，便能自動升級。

洪偉康素來深信，學校是一處努力便會有回報的地方，事情的對與錯，黑白明晰。此迷失世代，自身價值是甚麼？分數能給予明確指標，你只須交出成績表就可以證明自己。

那不是應該很輕鬆嗎？回報期望，不脫離中軸，就可輕而易舉獲得「未來棟樑」的稱號。一些傢伙認爲洪偉康這類型很虛僞，可他們不明白，其實他並沒有故意演繹好人，只是衆生視爲善良、優秀的塑像，已經化作他本身罷了。

利用學習與分數，得到沒有形態的實際力量，是他眞心認爲値得的。升名校、讀大學，洪偉康利用勤奮建築的階梯，穩步向上。卽使沒有好的外形，也能通過學習充實生命，表現內在美。

對當時的他來說，學校猶如烏托邦似，是最美好的理想鄉。

只是，大家說的學校果眞是社會的縮影嗎？怎麼在學業一帆風順的人，畢業後會走上不理想的仕途？

洪偉康攻讀教育學系，並成功畢業，來到第一所中學實習。含辛茹苦，總算實現了父母心願，當上有用的人。洪偉康懷抱一顆灼熱的心，事業起步。

他曾經幻想學生會和他當時的心情產生共鳴，爲提升智慧、獲取知識，當然還有得到好成績而興奮。他衷心希望，學生可以體會那種把汗水兌換成成果的喜悅。

但是，學生和老師的關係似乎早已歪曲，如同積木層層疊般偏離重心，即將面臨倒塌。

洪偉康百思不得其解，當初他那麼喜愛的學校，對於某些學生而言，則是一所帶來痛苦的場所。校園生活，成了壓力的代名詞。爲考試而學習，以教育爲名義將學生迫上絕路、扼殺個性。不是他們想成爲機械人，而是這個時代迫他們踏上不歸之路。

學生穿上制服後，儼然被巫蠱一樣，瞬間失卻笑容。每當在走廊上和老師碰頭，都會擺出一副不情不願的樣子，彷彿撞見瘟神。縱使洪偉康主動以笑面迎上前，學生亦會立刻繞行，避之則吉。

洪偉康才領會到，現今學校裡，負責監督的老師和渴望放縱的學生，已成了死對頭。

洪偉康再也沒法以爲人師表爲榮，那光是步進校園已被厭惡的存在，即使和誰對上眼，亦會立即被回以遭倒楣鬼纏上的面孔，實在受不了。

本想成爲人人愛戴的好老師，卻事與願違，自信心一下子蒸發掉。老師原來不再高尚，惟有將自己包裝成無情的人，把學生視作機械人對待，不投放過多感情以免受傷害。

當理想和現實衝突時，應該選擇站在哪一邊？

顯然洪偉康選擇了較輕鬆的一方，可心灰意冷的他該怎麼辦？或許應該放棄以世俗作爲妥協的藉口，只是，任由土足踐踏赤裸的心的話，會弄至傷痕纍纍，快要血流不止了……

突然，洪偉康如夢初醒！

他察覺到失血過多是幻覺，摸摸傷口，理應血肉模糊的部位，卻只剩下機器零件。噢，原來工廠組長也是機械人，是這樣嗎？

不，看坐在教室那些機械人正在脫皮，猶如蛇兒，蛻變成人類的模樣。怎麼之前一直沒發覺，大家都只是用鐵表皮來包裹裡面的骨肉而已？

當真相揭曉，從眾多機械人體膚滲透出來的鮮血，頓時化作紅雨降下，成了水窪，累積成一望無際的海洋。

洪偉康潛伏在血海中央，破水重生。濕漉漉的他，以一雙鋥亮的眸子望向不遠處的小島，看見島上有人向他招手。

十一 雨水實驗

「要不是一起落難，我怎知道原來老師也是個有血有肉的人。」
「我究竟……給你怎樣的印象？」
「社畜。」

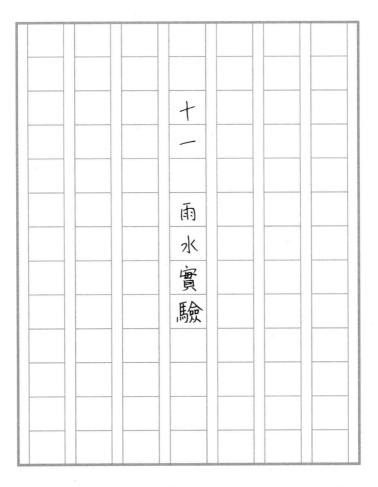

烏天黑地，洪偉康和藍汛賢一前一後步行於叢林間。他們翻山越嶺，踏上崎嶇不平，未經開闢的無人島深部進行探索。

「生病時，我發了個很奇怪的夢。」洪偉康邊撥開擋路的枝節，邊說：「彷彿在短短一天回顧了大半生。」

藍汛賢尾隨而上，問：「不會是傳說中的走馬燈吧？」

「走馬燈？」

「就是人死之前會看見的影像。」

「啋，別把我說成遊走生死邊緣的鬼魂似地！」

「你病倒的樣子真的像快一命嗚呼。」

「混蛋，你才無藥可醫啊，只是感冒罷了！」

由於土地未被開發，森林保持最原始的姿態，植物胡亂生長，使他們只能一蹺一蹺的前行。

「我感覺這裡會有蛇……」藍汛賢險些被攀附地面的藤蔓絆倒，摔了一下。

「大吉利是！」洪偉康立時回頭拍打他的腦門，「這裡要是被蛇咬到，中毒了比感冒更嚴重啊！」

「不是所有蛇也有毒。」藍汛賢搓揉著挨揍的位置，「我們究竟來這兒幹嘛？不早點回去嗎？我看今天天色不太好。」

「必須找食物不是嗎？你很容易肚餓。」洪偉康口上關心學生，實際上純粹爲了醫自己的肚子。大概是痊癒之後急需補充體力吧，他領先在山林搜索。

「吃的海裡都有，我去捉好不好？」

「不要，我已經厭倦了吃海鮮！」

藍汛賢彈舌以示不滿，「都已經淪落到這個地步了，有食物就應該珍惜，怎可以說如此奢侈的話！」

洪偉康表露失望狀，「你之前不是在森林找到桑子嗎？在哪兒？」

「都被我們吃光光吶。」

「甚麼？」洪偉康用難以置信的眼神，睥睨著他，「真是的……年輕人的胃容量實在太驚人啦。」

「明明你也有份兒，別怪到我一個人頭上呀！」

「還以爲這一帶會有果實，怎料啥也沒有。」

兩人來到一個稍稍開揚的草地，傻乎乎佇立在廣闊的天空下。一忽兒，洪偉康又開腔。

「這座島上居然連小動物也沒一隻。」

「有，天上的小鳥。」

藍汛賢食指向上，兩人一同抬頭，只見零零星星的小鳥悠閒地劃過長空，從左飛往右。

「你覺得我們可以把牠們打下來嗎？」

藍汛賢晃晃頭，「即使追蹤到巢穴，也不代表可以抓得到。我們手頭上沒有道具可以用來捕捉雀鳥，牠見到有危險隨時會飛走。」

「也許巢穴會有蛋！」

看見他雙眸放光的樣子，藍汛賢沒好氣地別過頭。

「啊！我想吃肉！」洪偉康發飆亂抓頭毛，「爲何我是中文教師而不是爬樹高手，說不定樹上會有松鼠呢！」

「不要任性，你比我大那麼多不丟臉嗎？耐性呢？」

「我已經厭倦了吃螃蟹！」

這幾天，洪偉康因生病動彈不得，惟有由藍汛賢負責一日三餐。亦因此，伙食全部集中是海鮮。喜歡生吃的藍汛賢，除了撿海藻、貝類硬要老師吃之外，還經常抓小螃蟹回來，隨便炒一炒，還沒有熟便給他塞進口裡充飢。

那種野人般的吃法，已令洪偉康心驚膽跳。他再也無法忍受那股腥臭味，以及不文明的煮食手法。一旦病情轉好，他便立即出發，要去找點似人吃的東西。

此時，突然天公震怒傳來一聲巨響。

「今天……真的會下雨嗎？」洪偉康仰望。

「出門之前沒有看天氣報告耶，要回去拿把傘嗎？」藍汛賢開玩笑。

「現在才正午，你不認爲天空太暗了？樹葉之間也沒有陽光射下來。」

「你猜想，假若我們現時身處在日本沖繩附近的孤島，以七、八月來說，很大機會遇上颱風直擊。」

想到這裡，他倆不寒而慄，再也擠不出笑容了。

「不如停止搜索，到安全地方去。」

洪偉康「啪」地一掌打在樹幹上，「可惡，我絕不要空手而回！」忽然一株野草入目，「欸，你看這草能吃嗎？有點像菠菜是不？」

「你冷靜點，說不定有毒耶！」

「汎賢，」洪偉康推開他直奔向另一邊，注視著那兒滋長的白色蘑菇，「這個用錫紙包住牛油焗熟，一定很香呀。」

「那也可能有毒，不要碰！」藍汛賢暗忖，原來肚餓真的會令人喪失理智，老師一定是餓壞腦了。

正在此時，藍汛賢突然發覺四周天昏地暗，才不過十分鐘左右，天光已收束起來，看來果真大事不妙。他思考，如何能令洪偉康離開森林。

周遭的花草樹木因晦暗的天色，不經不覺幻化成魔幻國度般，女巫的身影若隱若現出沒於迷霧裡，氣氛幽閉陰沉。而且還開始下起毛毛雨，逐漸看不清周圍的風景。

「老師。」藍汛賢靈機一動，想出一個好藉口，「好像要下大雨了，我們應該盡快返回營地。」

「爲甚麼？」洪偉康愛理不理，查看地上的植物。

「那個……因爲要製作容器收集雨水，那可是十分重要的資源啊。要是幸運，我們一星期都不用怕口渴囉。」

洪偉康恍然大悟望向他，「說得對，這是大好良機。好，我們馬上回程！」

語畢，他們馬上大步流星離開。

＊＊＊

須臾，滂沱大雨就下來了。兩人被豆大的雨滴攻擊。暴雨所製造的音樂，覆蓋四野的自然雜音，使孤島被水聲塡滿。

受雨水洗滌的二人方寸大亂，由於沒有人工建設的道路，加上沒有指南針，他們只能依靠直覺和記憶找森林出口。

大雨如瀉，藍汛賢迎向疾風，瞇起雙眼前進。然而霧氣蒙蔽了視線，使他無法確認東南西北。雨連綿不斷，愈下愈厲害，鞭打在表皮使人疼痛。

藍汛賢磕磕絆絆，好不容易來到一棵巨樹下躲避，駐足，深呼吸。髮絲由於沾上大量水分扁塌了，雨珠從劉海不斷往下墜，掉入嘴巴令他窒息。

他稍作歇息，用渙散的目光巡看四周，上氣不接下氣，甚至分不出掉下來的是雨抑或汗。

遠去的洪偉康身影模糊，似乎已融入狂風暴雨的霞氣之中。

「老師！等一下！這雨勢太大、太危險啦！」

可是，洪偉康像是沒聽見他的吼叫，不停歇，不一會便消失在霧裡。

「洪老師！別走！」藍汛賢大叫，然而大概是雨太大，洪偉康根本沒留意到身後的狀況。

＊＊＊

洪偉康自顧自奔跑，趕回營地。他到巨樹下躲避，眺望海面上的情況。

從岸上望去，水平線上有一團厚實的烏雲，灰壓壓的積聚在海面。說起來，前陣子夜風變得清涼，然後接連幾天的燠熱，是由於颱風即將逼近嗎？

不太懂得天氣預測的洪偉康，根本無法事先察知危機，因此並沒有未雨綢繆準備好食糧和儲水工具。

他回首，正想跟藍汛賢搭話，卻發覺身後無人。他愕然巡望四周，不見類似藍汛賢的身影，立時慌張起來。心想，大概是在森林發現了甚麼才突然消失吧，之前他也獨行獨斷，在未告知的情況下私自行動。

「哎，首要任務是製作器皿蓄水才對。」

如此想著，洪偉康集合了一些樹葉，以樹根紮緊尾端造出杯狀，代替一般容器。還在地上挖洞，並用大石頭壓住幾片大樹葉，使中心凹陷，製造小水池。

然而風大雨大，即使布好局陣，眨眼間便被暴風吹散。洪偉康屢敗屢戰，但上天不饒人，努力終究是白費的。

天氣持續惡劣，四周像是要翻起龍捲風般，站不穩腳，上眼皮撐不開。終於，洪偉康放棄了收集雨水，轉換策略暫時躲避。

坐了一陣子，他又憶起藍汛賢。那傢伙去太久了，這種天氣底下活動不會出事嗎？雖說森林內有天然屏障，比直接吹拂海風的海灘安全，可地面濕滑，要是出了意外……

洪偉康不覺一怔，本想坐下來，卻馬上改變主意折返。

＊＊＊

落後的藍汛賢，一個人在樹下避雨，並祈求此場雨會盡快停下來。

他攬住肩膀，在參天大樹的根部蹲下身子。觀察雷電交加的樹林，恐怕有龐然大物會利用雨聲掩護，隱藏足音，偷偷盤算著襲擊大計。

突然要獨處，令他想東想西不能安靜下來，似是短暫性患上被害妄想症。

自海難發生後，這數天一直和老師一塊兒。假若流落無人島的只有他，也許會因極度恐慌和迷失而失去理性。但因爲身邊有同伴，他至今方能保持平靜，忘卻前路茫茫的悚懼。

可是，現在獨自被困在霖雨當中，藍汛賢不禁顫慄起來，所有的不安情感旋踵傾巢而出。無法自由行動的他，感覺自己像隻垂死的蟲子，快將被螞蟻發現，吃個清光。

爲了驅散不安，他決定積極尋找出路。也許地上會有老師的足印作爲線索，能追蹤去向。但，地上的痕跡早已被雨水沖去，毫無參考價值。

他踏著泥濘，任由褲管沾到泥巴，踉蹌而行。這座島彷彿被無形的牆壁包圍著，外面的人看不見內部，如同孤城。縱然聽不見海浪聲，藍汛賢依然不休止前進，可飄忽不定的眼神卻透露著一切。

「別丟下我……別丟下我……」

一旦成了孤零零，腦內便會自動播放兩個月前的醫院的情景。

那天，瘦骨嶙峋的母親躺在病床上，藍汛賢擁抱她，拉扯她，牽起她的手。那時也像今天，是個下著傾盆大雨的日子。他一放學便趕往醫院，可她已經奄奄一息了。

藍汛賢掌摑臉頰，叫自己不要記起來，可眼眶已噙住熱淚。

「別丟下我……媽……」

他在心中唸著，淚水和雨合二為一沾濕了心靈。霍地，有股想吶喊的衝動，他徐徐張開口。

「……咻……我不要……不要一個人。」

藍汛賢一邊依附樹幹，一邊失魂落魄地步行。那姿態恍如行屍走肉，然後他加快步速，拔足奔跑，和斜雨競賽。

「啊——！」

他歇斯底里叫道，明知沒有人會聽得見，卻依然扯著嗓子向蒼天、向世界叫喊。雨聲以一貫的冰冷態度示人，默然注視他成了瘋子一樣，四處亂闖。理智都在瞬間瓦解，直至他駕馭不了速度，撞上一棵樹方能制止。

藍汛賢望天，直至脖子痛，雨絲如針刺入瞳仁使之紅腫。剎那間，風景天旋地轉，他找不到自己的所在地。除了影子以外沒有任何陪伴，這份孤獨使他心痛如絞。

樹木延伸的枝條，如魔爪張羅。雨滴在耳畔呢喃，混合抽泣細語，令他回想起那天的肅穆氣氛。

葬禮上，戴誇張面具的親朋戚友毫無先兆、違反邏輯地對母親的遺照哭泣。映在孩子眼裡，他們就像從精神病院逃竄的患者，不合情由。

「嗚……」

他痛苦不堪地抱頭，弓起身子。可記憶像黏在柏油路上的香口膠，緊貼在腦袋表面，扯不掉。即使再三呼叫，依然無人前來拯救。

「唰！」

倏忽，藍汛賢發現矮木那邊有動靜。驚鴻一瞥，發現有野兔在徘徊。他當場呆住，像按下暫停鍵似畫面靜止，皆因這是頭一次在島上看到小動物。原來洪偉康推測沒錯，森林裡真的有動物，這樣說可以有肉吃了。

見此，藍汛賢的眼淚慢慢吸收回去，他不假思索，依隨兔子的行蹤邁步子，打算把牠捕捉。

突然一不小心，他足下一滑，隨即掉落懸崖谷底——

十二 慌賭

到學期尾聲，派發給學生的教學問卷全數收回來了。那就像是學生作爲「顧客」，用以評價「教師課堂質素」的手段；換言之，即是「商品意見書」……

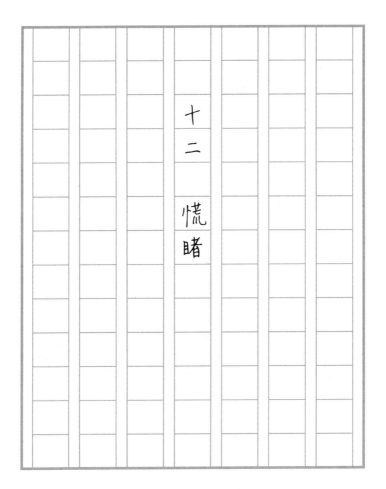

有沒有試過失足墜落的滋味？

彷彿一座古城崩塌，所有價值觀一直往下掉，掉到無底洞。從孩提時代建立起來的思想，一概化作灰燼，消失殆盡。

爲何會感到如此恐懼？假若有自信的話應該不會動搖，也不會因一件小事而改變想法。可大概洪偉康清楚自己一直無視藍汛賢，因此經不起這點小風浪。

正正因爲害怕被人指責，他才爬上高位。然而當坐到教師的位子時，方發覺這個位置也會被評頭論足。在千變萬化的網絡年代，沒一樣東西能夠逃得過民衆的監視。

＊＊＊

到學期尾聲，派發給學生的教學問卷全數收回來了。那就像是學生作爲「顧客」，用以評價「教師課堂質素」的手段；換言之，卽是「商品意見書」。

如其他企業同樣，任教中文科的老師聚集在會議室，一一查看著收集回來的問卷。為了維持公正，問卷採取匿名制，以保障投訴人事後不遭受歧視。只是，上面必須標記班級，所以，原則上還是能夠追索源頭的。

「請把寫有備註的問卷放到這邊，方便待會兒一次過檢討。」

一名擔任主持人的教師，指示成員把寫有備註的問卷放到桌子左側。聽畢，人人皆把手頭上有意見的問卷放好，果不其然，那些問卷數量不多。

由於學生大部分怕麻煩，除了有太大不滿，否則一般而言只會回答固定題目，不會特地寫字。畢竟作文是很多學生最討厭的功課之一，他們都不愛長篇大論抒發內心。

將問卷分類之後，教師便一一審視問卷的內容。從甲班開始，反省整年的教學方針是否有成效。學生的意見多數是考試出題艱深、課程太趕急、寫在黑板的字不夠清楚等，沒甚麼見地的評析。

在這所學校擔任教師十年，洪偉康已經見怪不怪。千篇一律的提議，到頭來丁點作用也沒有。只是要匯報給上司，而必須要完成一系列例行公事罷了。

何況，學生透過問卷申冤也沒用，這群人沒有實權。正如學生規定要依時交功課，老師一樣有時間表和必須履行的業務。

「各項目評分大多是3，沒有極端的批評。」其中一名教師十行俱下，綜合著學生意見，「眞好，今年的報告也很容易寫呢。」

「但必須列出針對性的改良方案，否則上頭不會接受。」另一名教師懊惱地說。

「因爲我們是『服務性行業』嘛，總要聽聽『顧客』的想法。沒有建議便創作一些反省點，否則人們會認爲我們不思進取。」

幾名教師皮笑肉不笑，一同咧嘴。儘管沒有嘲笑學生的意思，他們已經對這種慣常集會麻木了。

洪偉康不太上心，順手整理著有備註的問卷，恰巧看見一張來自他的班級的，於是隨意看看。發覺問卷上必須填寫1至5級評分的項目，卻全部給填上了0。而且備註欄上有潦草字，似乎是匆匆寫下的。

「怎麼了？」坐在旁邊的教師，關心地看看洪偉康，見勢色不對，立時探頭查看問卷上的內容。當他看見備註寫著一行粗言穢語，掩不住驚色。

其他人亦察知到有事情發生，立即收斂起來，注視著他們倆。

「問卷上寫著甚麼？」有人問。

教師瞄一眼洪偉康，尷尬地，「那個……學生寫著……」

「是罵我的髒話。」洪偉康插話，心裡怫然，把問卷遞出去讓他們輪流看。

讀到問卷上的髒話的人，無一不猝然變色。

「竟然在問卷上寫髒話，眞是無法無天呀，當我們老師不是人啊！」

洪偉康發覺那些筆跡十分熟悉。再者，在班級上沒有比藍汛賢更反叛、更憎恨他的學生了。

「洪老師，能認出寫問卷的是誰嗎？」

當中一名教師問洪偉康，他不禁吐露心中所想。

「這馬虎的字，沒猜錯的話，應該是藍汛賢。」

衆人不約而同頷首，認同他的猜測。

「……果然是藍汛賢，我就知道只有他能幹出這種事……」

「……死性不改……」

「……他就是壞蘋果，腐爛了。說到底也是家教不好，是父母的責任……」

教師七嘴八舌，可洪偉康早已在精神上堵住耳朵。他只感覺藍汛賢說出髒話的嗓音那麼眞實，在耳鼓一次又一次響起。想像彷彿已穿透文字，成了活生生的聲音，如刺耳的鈴鐺，騷擾腦袋。

***

雖然不清楚胸膛被剖開的感覺是怎麼一回事，但洪偉康只能用這來形容自己的傷心程度。常言道，說話是把刀子，可以傷害人而且痛楚持續很久。看見藍汛賢寫的評語，那刻洪偉康方領悟到，原來文字、語言眞是最具殺傷力的武器。

洪偉康歸家後，不斷批改功課，可整夜也心不在焉。藍汛賢的文字纏擾著他，使他沒法全神貫注做事。何況，看見那堆積如山有待批改的功課，回家之後依然要加班，天天如是的行事曆令他厭煩。

他失去動力繼續下去。雖然熱愛中文，但學生並不是這樣想。看看面前那些作文，都以差不多的模式書寫，他們定以爲只有那樣寫才能夠得高分。洪偉康不禁想，教師到底教導了學生甚麼？長此下去，學生會有創意嗎？但，另一方面又被要求培養創意，豈不是自相矛盾？他們寫的甚至不是發自內心，只是爲了交功課而已。

洪偉康洩氣地托著下巴。不久，他放下工作，離開書桌。喝啤酒，望窗，他回顧了自己的教師生涯。

究竟是甚麼令他悲不自勝？只是因爲一位學生的罵語？無從否認，他之所以受傷是由於不希望被討厭。縱然不被喜愛，至少也不想樹敵吧。

雖然他將學生視作機械人，但不過爲了自保。沒有人喜歡被當面指責，或者遭仇視。再說，他堅持當教師是有理念的，只不過後來忘了初心。出發點是善良的，迄今爲止，他從未做過傷天害理的事。

試問，有誰了解教師的感受？即使是大人，也有需要被關心和體諒的時候。

洪偉康帶著醉意，摸摸煩惱絲。在想，爲何他和藍汛賢的關係會走到如此地步？儘管喝光了一罐啤酒，依然想不通。

他搖晃一下空罐，內心仍是滿目瘡痍。可是不得不工作，他失意地返回書桌。縱使酒精使人渴睡，卻完全沒有治療作用。

* * *

教室外面，滿是被下課鈴聲趕到走廊的學生。洪偉康剛從旁邊的班房出來，一出門便遇見藍汛賢。

平日目中無人的藍汛賢，今日居然主動接近洪偉康。人山人海之中，藍汛賢佇立在走廊末端，當看見洪偉康出現時，立即逆流上前。

從遠至近，他們彷彿都在猜忌、戒備，觀察著對方的瞳孔。霎時間世界只剩下他倆，如身處無人島，其他一切不過是布景板。

「……找我有事？」洪偉康故意裝作不以爲意的樣子，問他。

藍汛賢從書包掏出回條和信件，「這是之前欠你的通告回條。」藍汛賢擺一張臭臉，「另外，還有之前請假的家長信。」

「哦……」洪偉康打量著他，「怎麼這麼遲才交回條，你知道大家都在等你嗎？」

「沒甚麼。」藍汛賢簡短地回答，那冷若冰霜的態度，大概是瞧不起老師的意思吧。

洪偉康有意試探，「還有中文堂的評分問卷你有遞交吧？」

「已經直接交給班長了。」

「嗯，很好。」洪偉康揶揄，「我會『仔細』閱讀，參考參考。」

然後藍汛賢不爲所動地走開了。

看見他消失在走廊盡頭，洪偉康方把視線投向回條。發覺在日本交流團參加與否的選擇上，參加一項竟然打了勾。

＊＊＊

回到教員室，洪偉康無法漠然處之，坐在座位上，盯看手中的回條和家長信。他百思莫解，習慣一匹狼形式生活的藍汛賢，怎地突然會參與團體活動？

先把交流團的事兒擱下，洪偉康不由分說，決定拆開家長信看看。秀麗的文字，一看就知道並非出自藍汛賢，而是他的監護人。詳細一看，上面寫著請假的理由爲「家有白事」。

洪偉康怔了一下，暗忖，那傢伙近來有親人離世嗎？怎麼沒聽他提起？而且表面上也看不出來。驀地，他憶起陳善美說過的話，發現他的反常行爲，或許有得解釋。

然而，藍汛賢公然在評分問卷冒犯他的事，使他沒法釋懷。

洪偉康從抽屜拿出一本日本交流團的簿子，裡面有報名冊，他用原子筆追加了名字。

驀地，他戛然而止，打開電腦搜尋藍汛賢的聯絡人，找出他祖母的電話號碼，然後伸手去拿電話，用臉頰夾著話筒，右手正要按號碼，卻無法動作。

他本想確認家長信的眞偽，還有關心一下其家庭狀況。

然而，他猶豫不決，掙扎了好一會，最終蓋上話筒。

＊＊＊

炎炎夏日，參加者一行人踏上前往日本九州的旅途。除了向同學說明、交代行程之外，洪偉康一次也沒有和藍汛賢單對單對話。也許是下意識想逃離令他討厭的人，他決絕地，選擇了無視藍汛賢。

只是，不止是洪偉康，連其他同行者也沒有和藍汛賢交談。

半個月來，參加者統一寄住在宿舍內，藍汛賢卻幾乎沒有與誰接觸過。他爲何要來交流團？他對這所學校壓根兒沒有歸屬感。

到海上觀光時，學生均用手機拍照、傳訊息、刷臉書等。唯獨藍汛賢獨個兒在船頭吹風，用耳筒聽音樂。

明明有成群的學生存在，不必要執著於他一人，但洪偉康愈是叫自己別理會他，卻愈是在乎。

洪偉康步向藍汛賢。由於塞住耳孔，藍汛賢沒有察覺背後有人接近。

來到欄杆，兩人一同凝視著湛藍的海洋，並沒展開對話。

洪偉康多番瞟看藍汛賢的側臉，欲語還休，本來只想問一道簡單問題，卻感覺有千言萬語，無法好好整理。

洪偉康自問沒有錯，他認爲把學生視作機械人，方可以一視同仁。撇除滋擾因素，才可以引領他們專心一意向目標邁進。對孩子來說，此做法雖然殘酷，但現代社會世態炎涼，只有去除雜念，打倒競爭者，才能得到安定和幸福。片刻鬆懈亦可能致命，一失足成千古恨。

爲了令他們生還，惟有教導他們一道幸福方程式，告訴他們只有這條路才能通往羅馬。

洪偉康無言，別過臉，沉默地眺望著海天一色的風景。

晴朗明媚的天氣，然而二人的靈魂之窗卻是烏雲密布。

頃刻間，地震突然發生，海嘯襲來……

十三 一人不如兩人

「他們要你消失，你就消失嗎？繼續製造麻煩吧，本來生存就是給人帶來麻煩的。即使被人罵又怎樣？你才十來歲，將來還有大把日子，人生才過了１０％左右就想放棄？」

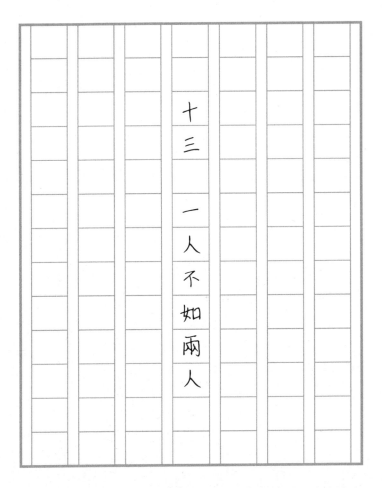

泥巴覆蓋藍汎賢的臉，如被活生生埋葬似地。當潮濕的風吹拂到臉上時，他頓時起死回生，倒吸一口氣活動起來。

猶如活死人，他恢復意識，左手捧住腹部，感到一陣劇烈的疼痛。他虛弱地咳嗽，吐出一片枯葉。反側身體，正當他想爬起身時，下身傳來刺痛站不起來。用右手搓揉腳踝，痛楚立即傳遍全身，看來是扭傷了。

他以惺忪眼睛環顧四周，一片陌生的風景展現眼前，彷彿身處熱帶雨林。風雨若狂，猛地攻擊樹梢迫使它們發出哀鳴。

拖著受傷的腳，坐起來，慌張地摸索周遭的環境。

一仰首，發覺頭上有峭壁，才想起自己從懸崖掉下來了。之前因爲太專心追蹤兔子，失足一刻，幾乎沒有自覺。

得知自己被困在谷底，他大發脾氣，一捶打在地面宣洩。可這樣下去也於事無補，他嘗試扶著附近的樹站立，但不果。於是像蛇子般蜿蜒爬行，試圖找到離開這兒，回到海邊的方法。

「老師……老師在嗎？……救命……救救我！」

他聲嘶力竭，卻只能向空氣求救。風聲獵獵，使他的叫聲傳不到遠方。對於運動健兒來說，最令人忿怒的就是這種情況。明明有出色的技能，卻因爲受傷而不能使用，彷彿是失去翅膀的小鳥。

昏天暗地，似乎快將入黑。他焦頭爛額地逃亡，噎人的風則多番阻撓。

忽地，陰風陣陣，氣溫和濕度顯然和之前不同。藍汎賢怔住了，在陰暗的大自然之中，隨時可能遇見野獸，現在更不知從何吹來寒冷的風，種種徵兆都帶來不祥的預感。

他不禁呼吸迫促起來，要趕緊找地方躲避。突然，他看見林子深處有個洞穴，被草叢遮蔽著。洞頂呈拱形，而陰風是從那洞口吹出來的。

爲了度過這一夜，沒有比這洞穴更適合的庇護，他二話不說，馬上跛著腳溜進去。裡面有一定深度，幸而沒見到蝙蝠。

他體力不支，一屁股坐了下來，由於不知道洞裡有沒有不知名生物，只敢待在出口附近，雨點弄不濕的地方。

洞穴內，只聽得見自己的喘氣，而外面的風和雨通過回音調整，成了駭人的低嘷聲。藍汛賢屈膝，不時按摩著扭傷的腿，看洞口外的光線逐漸消失。眨眼之間，就完成日落了。

沒有明月伴隨，加上天色不佳，四周漆黑一片。藍汛賢瑟縮躲在伸手不見五指的洞中，盡量把體積佔地縮小，祈求夜深出沒的鬼魅不會發覺他的存在。

深宵時分，惡劣天氣尚未停歇，如之前預測大概是颱風直擊了。因爲身處陌生之地無法安心，藍汛賢變得神經兮兮的。

在這種情況下，只要一點風聲，也會令人陷入地獄。藍汛賢東張西望，眼神游離，內心極之動搖。漫長的晚上，令他幻想出許多可怕的場面，更甚，打撈起許多不想回眸的記憶。

船隻被巨浪吞噬的畫面，地震的恐怖，母親的逝世，還有，最後一次看見父親跨出門框的那刻……

所有人都離他而去了，連老師也是。每當想到這一切一切，藍汛賢就會傷心斷腸，不能自已。

這次他之所以會參加交流團，是祖母的勸誘。母親的喪禮結束後，祖母代簽回條，在參加一欄上打勾。她跟孫兒說，應該要去做年輕人該做的事，見識世界，也交朋友。

可是年輕人應該是怎樣的？活潑開朗？生機勃勃？大家是否對年輕的定義也有偏見、分歧？

經歷那麼多事之後，藍汛賢已經無法再重拾童眞了。希望——那是他在狂風巨浪中遺失的寶物。他不能在腦海勾勒出未來計劃，失去了想像的力量。

每當注視著無垠的海洋，他都會感覺像漂浮的孤舟，憶起自己遭拋棄的事實。不論是老師、同學，抑或父母，已經沒人會再站在他身邊，給他一個溫暖的擁抱。

不想再哭泣，疲累了，他只想沉睡。閉上雙眼，黑暗中他孤立無援。也許他注定孤單。

人們總是在不經意中淡入、淡出此世界，母親如此，同學如是。

誰知遇難的人是否全數生還？說不定，只有洪偉康和他兩位幸運兒活下來。然而此時，他卻又遇上颱風吹襲，而且更受了傷，跑不動。也許之前的努力，根本毫無意義，只是在垂死掙扎罷了。

是時候放手嗎？藍汛賢的意識次第遠去，軀體失了平衡。他倒臥硬地上，猶如燭光缺氧熄滅。

＊＊＊

清晨到來，從洞穴深處吹來的風是來自大地的訊號。雨後，雲間驟現太陽，本應被黑暗吞併的地方，亦重新被陽光奪回主權。

藍汛賢在光輝中甦醒，從洞口射進去的光線令他有點目眩。他視線模糊，張不開眼，喉嚨乾涸感覺快要龜裂。

倏地，有人扶起他的上半身，抓住脖子，把水送到唇邊滋潤。藍汛賢出於自然反應啜飲著，漸漸恢復了意識。一瞥，原來是洪偉康用樹葉承載清水，親自餵他喝。藍汛賢歪著頭，大惑不解地凝視著他。

不會是幻覺吧？居然有人來拯救他。

「好了點吧？醒一醒，回答我吧！」

「老……師……」

洪偉康破涕爲笑，「哈，太好了。你怎麼淪落到躲在洞中，發生甚麼事？」

「我……只是躲雨……」

「你怎麼不事前告訴我一聲，突然找不到你，知道我多麼狼狽嗎？」

藍汛賢暗地裡想，明明是你沒聽見我的呼叫自顧自走了，現在還反過來怪責我。

「……這水哪來的？」

「洞裡有泉水，可以喝。我想，大概是雨水經山石過濾流下來。」

藍汛賢聆聽洞穴深處，確實有「噗通、噗通」的水聲。昨夜由於雨聲太吵耳，根本不可能發現。

「真是的，要是早些發現這兒有山洞，還有地下水，便不用那麼辛苦啦。」

「洞穴很危險，說不定會有野獸……」

洪偉康若有所思地望了眼，見藍汛賢面無人色，頓時滿懷歉意地摸一摸他的腦門，「對不起，把你扔下在這種地方，很害怕吧？」

藍汛賢強忍淚水，「不，我可以處理……」

「就是沒有處理好才被困在此呀！」

受到呵斥，藍汛賢不屑地橫了一眼，不作聲。

「回去吧，走得動嗎？」

藍汛賢背靠岩壁，完全沒有活動意欲。

「我不想回去……」

「呃？」洪偉康皺眉頭。

「反正只有我一個人，已經沒有可以歸去的地方了……」

彷彿另有所指，洪偉康錯愕，「你……怎麼了？今天感覺怪怪的。」

藍汛賢無語凝噎，雖然面色刷白，唯獨眼肚是鮮紅色的。洪偉康仔細看他的臉，發覺目眥有淚痕。

「無論如何，回營地再講吧。待在森林裡可能會遇見獵食獸，非常危險。」

不理藍汛賢的意願，洪偉康氣急敗壞，要扛起他的肩膀，卻發覺他下半身動不了，而且還連連叫痛。

「痛！」藍汛賢雙手扯住洪偉康的衫，「不要，我不能走動……」

「你受了傷？」

「腳，扭到了……」

洪偉康攬住藍汛賢的腰，讓他重新坐下並檢查足部，發現腳踝果然腫了一大塊。

「沒關係，把我留在這兒……」

「你還未睡醒嗎？說甚麼夢話！」洪偉康背對蹲身，強行拉他的手到肩上，「你要是走不動，我便揹你回去，起程！」

＊＊＊

涼颼颼的晨風之中，洪偉康揹藍汛賢步行顛簸的路上。早起的鳥兒吱吱喳喳亂叫，塡塞了難堪的沉默。

藍汛賢大口大口呼吸，虛弱地被揹著。他把耳朵貼在洪偉康背上，聽見有固定節拍的心跳，不期然感到心境平和。

「我說過，不要擅自行動。」洪偉法苦口婆心，「爲何一發覺失散了沒有立卽回到岸邊？」

「雨太大，回不去……」

「聽著，我們兩個人要一起回家，一定要撐下去！」

「卽使回到家又如何……」

「你何時變得這麼悲觀的？也想想家人的感受，他們十分擔心，你的母親不也在家等待消息嗎？」

聽此，藍汛賢以飽含淚水的雙眸，說：「我的媽媽已經死了。」

洪偉康猛地戰慄一下，沒想到居然會提起已逝的親人。想了想，前陣子他忽然請長假是因爲家裡有白事，難道說的就是母親？

「抱歉，我沒想到……」洪偉康慌張地，「……節哀順變。」

藍汛賢雖則沒回話，但洪偉康能感覺到背上的人正在顫抖。

「所以你才說不想回去嗎？因爲會感到孤獨。」

藍汛賢突然淚如雨下，幸而臉朝前方的洪偉康不可能看得見。

「你不是一個人，有我在，和大人一起面對吧。」

「……說甚麼風涼話，你從來沒關心過我，不是嗎？」

洪偉康啞口無言，半晌之後才回答。

「也許是城市病吧，不知不覺對周邊的人和事麻木了，覺得事不關己。可是由現在起我會懂得珍惜你，珍惜他們！」

藍汛賢忍痛咬唇，頓了一頓然後說：「也許，再也沒有機會珍惜他們了……」

洪偉康一秒聽懂他的意思，「你也憂心船上其他同學的安危嗎？」

「說眞的，其實我蠻喜歡無人島的生活，至少我們在這裡能結爲朋友。」藍汛賢故意轉移視線，「還有，不用讀書。」

「哈哈。」洪偉康失笑，以爲他在開玩笑。

「學校令我們反目成仇。」但，藍汛賢不禁吐露心聲，「拋下規條，我們才能建立眞正的友誼……」

「日後回到香港，我們在學校裡一樣可以建立友誼。」

「……是嗎？」藍汎賢以質疑的語氣回應。

「汎賢，我知道這種相處模式令你自由自在，可是不回去香港，不代表問題解決了。這樣做只是逃避現實而已，我們必須想辦法回去。」

藍汎賢打開話匣子，「在這裡我不用煩惱，每天只需爲生存而生存。人類不都應該像這樣嗎？價值和人生意義甚麼的，只是人們強加的東西……」

「即使現實痛苦亦必須承受，因爲人只能從中學習、成長，才能發掘快樂。」

「但是，我眞的很痛苦……」藍汎賢抽抽嗒嗒地飲泣，「之前覺得照顧母親是最辛苦的……可當失去她時才發覺是一生最痛。本以爲淚流乾了，一憶起她又會掉眼淚……我不知道應該怎樣生活下去。」

「失去摯親的痛，除了本人以外沒人會懂。然而，當你經歷過最痛之後，就能成爲更堅強的人。」

「我無法變得堅強，如果生存下去代表要承受更多痛苦的話，我寧願——」

「你現在不就很堅強嗎！」洪偉康激勵他，「一般人流落無人島根本無法存活，因爲有你的支持，我方可以活到今天！而且，在我的生命中，假若沒有學生，老師根本沒有意義，你是我存在的動力啊！」

「我不是個好孩子，學校的人都視我爲麻煩分子，所以我消失不是更好嗎？」

「他們要你消失，你就消失嗎？繼續製造麻煩吧，本來生存就是給人帶來麻煩的。即使被人罵又怎樣？你才十來歲，將來還有大把日子，人生才過了10%左右就想放棄？」

藍汛賢聲淚俱下。

「這不就是人們生活在一起的目的嗎？互相照顧、關懷，是理所當然的。孤獨只會蠶食人性，所以盡量不要讓自己孤獨，聽懂了？」

「你怎知道我未來是個好人，說不定會成爲犯罪者！」

「你也有機會成爲大慈善家，對不對？」洪偉康莞爾，「我想賭那個可能性。」

聽畢，藍汛賢更是號啕大哭，加強了抱住老師脖子的力度。

＊＊＊

不久，他倆回到海灘，那個他們以眞心相對、初遇的地方。

二人被海水洗滌後，過往的罪孽全部遺留在深海，所有悲傷都與船隻殘骸一併沉沒了。

「還記得嗎？那天，你到海中把我抓起來，」藍汛賢以哭腔告白，「其實你沒錯，那時候我深切想解脫，了結一切。即使在交流團時，我站在船頭，無時無刻都想跳下去。但我做不到，我沒有勇氣，是個懦夫……」

洪偉康把他放在沙粒軟床上，道：「不，你不是懦夫，因你有活下去的勇氣。目前爲止的你，總是爲了他人而活，可是從今天起，你可以去尋覓新的目標。找一樣能令你全情投入的事情，然後忘我地去幹。」

海風洗刷藍汛賢臉上的淚痕，他閉上眼，感覺格外清爽、灑脫。而洪偉康的話語，猶如清風吹入他的心坎。

「我們只不過都是一時迷失罷了。以前我不懂，現在想通了，你不是那種懦弱的傢伙。所以我們一起回去吧，在這座島上只有我，不回到現實就沒有機會碰到更多人，會錯失美好的事物。那些足以改變你一生的，正在不遠的未來等待著你。」

十四

School Island

回想以往他總是一回校就想回家，像流落無人島一樣，迫切逃離。可當能夠逃出去的時候，他卻又開始懷念起來……

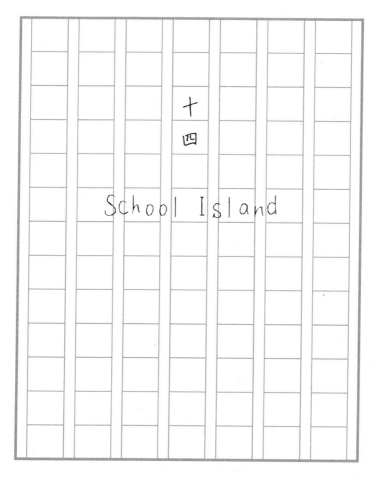

雨紛紛持續數天，終於告一段落，回復陽光普照的天氣。在無人島上不知待上多久，洪偉康和藍汛賢依然在海邊，拚命存活著。他們包圍著篝火，旁邊有一枝粗長的樹丫，插著一隻脫了毛的兔子。

「總感覺良心過意不去……小兔子。」

藍汛賢盯看著那隻光脫脫的兔，不禁兩掌合十，為牠祈禱。相反，洪偉康露出一副垂涎三尺的樣子。

「牠這麼好心，一定會上天國的。」

「少開玩笑！牠可是為了我們壯烈犧牲呀，請給死者一點尊嚴！」

「明明因為牠你才掉下山崖的，我是在幫你報仇！」

兩人打鬧著，忽然傳來機器的聲響。藍汛賢首先察覺，抬頭查看。一隻黑色的飛行物體橫過上空，發出機翼轉動的噪音。那並不是小鳥。見此，藍汛賢頓時慌張地拿水，熄滅了篝火。

「嘜！」燒得皮脆肉滑的兔子被糟蹋了，洪偉康大叫：「你神經病呀！」

「快快快快看頭頂！」

藍汛賢彈起來，亢奮地向雲朵揮手。遲鈍的洪偉康總算了解事態，仰望，見一台直升機盤旋上空，以難以置信的目光定睛在那一點。

「……我們……得救了嗎？」

「是的！我們可以回香港啦！」本來自暴自棄的藍汛賢，此刻居然比誰更加想生存，更加想回家鄉。洪偉康欣慰地笑一下，然後脫掉衣服向天空揮舞。

＊＊＊

撲熄了的火堆，冒起深灰色的濃煙，吸引直升機機師的注目……

護送車上，他們坐在最後尾一排，車中除了他們就只有司機。

一小時前，兩人仍在無人島上求生，一小時後就回歸文明社會了。坐著車輛，手中有杯熱飲，感覺很虛幻不眞實。但正因爲曾遠離過日常，方感激人們的發明，以及再次認識到大自然的偉大。

「你說機場會不會塞滿迎接我們的人？」藍汛賢問。

洪偉康看著相反方向的車窗，見風景快速流逝，呢喃：「我想會有記者吧，唉，這陣子沒有整理頭髮還要上電視……」

藍汛賢看洪偉康滿下巴的烏黑，不期然吐糟，「想不到老師的鬍鬚這麼濃密。」

「我也沒想過，你長這麼大居然還未長出鬍子。」

兩人又無奈對視了。

「想家嗎？」

藍汛賢微笑著回答，「一點點，在想祖父母。」

「你回家之後第一件事想做甚麼？」

「唔……做家務……」

洪偉康圓睜雙目，「呃？你以爲自己是家庭主婦嗎？」

「那麼你呢？」藍汛賢反擊，「老師回家第一時間打算做甚麼？」

「我？應該是檢查打機的存檔，看有沒有被阿媽刪除了吧。」

藍汛賢抽搐嘴角，「平日你總是叫學生別打機，原來自己也是遊戲迷。」

「老師也需要娛樂，即使是孔子也會演奏古時的流行音樂呀！」

看見暴走的老師，藍汛賢捧腹大笑，那是第一次看見他發自內心笑出來。

洪偉康也綻開笑靨，「汛賢，你有沒有聽過人類的進化歷史，我們本來是四足步行的，但後來進化成二足了。知不知道爲甚麼？」

藍汛賢愣然晃晃頭，於是他續道：「有一種說法，指人類之所以成了二足步行，是爲了跑步。比起其他野獸，我們雖然沒有爆發力，但持久力方面則可稱爲大自然之冠。所以我們才可以不用外殼保護，生存到今時今日。」

藍汛賢不太明白他的意圖，「你的意思是？」

洪偉康帶點笨拙地，「即是說，人類是上天製造的跑步機器，機器太久沒用會壞掉，所以你必須多加運用。」

「你是想叫我……」藍汛賢恍然大悟的樣子，「參加田徑隊嗎？」

沒預料到這麼快會穿幫。

「聽體育科老師說你跑得很快，這次無人島上也見到你的生命力很強，想你必能成爲出色的運動員。」

「不是要考試嗎？」

「假若你喜歡讀書我也不阻止你，只是，人應該隨心而行。」洪偉康搭住他的肩頭，「我們每個人都是跑步機器，這是天賜的才能。你只管一路跑，不要停步，命運定會引領你走向快樂的境地的。」

藍汛賢有點訝異，卻又感到高興。

回想以往他總是一回校就想回家，像流落無人島一樣，迫切逃離。可當能夠逃出去的時候，他卻又開始懷念起來。

那些埋頭苦幹的歲月，有朝一日，也許會成爲無可替代的美好回憶……

（完）

後記

寫這篇時，一直回顧自己的學生生涯，但找不到甚麼好的回憶。有些人總是說，成為大人之後就會懷念學生時代，可我完全沒有那種感覺。也許其他人度過了快樂的青春時光，而成人後工作壓力龐大，令他們不禁羨慕無憂無慮的年輕人。只是，從小學、中學、直至高中，我都一心一意希望盡快變成大人。因為對我而言，孩子／未成年等於「無力」。然而，我亦珍惜可以裝備自己的年少時期，那麼就能令我有充分彈藥，踏入社會了。

十多歲的柏菲思，是個貌似是優等生，騙到不少老師，但讀書讀到一塌糊塗的人。只研究有興趣的事物，忽略那些沒趣的學問。即使如此，我也希望有別的能力能夠突出於群。其實內心，我是不希望落後任何人的，因此總是掌握一些覺得自己能勝任的技能，例如舉辦活動的能力、日本語文等。而中文，亦是我的武器之一，我還曾經在全級作文考試中得最高分。

自小在責罵、挑剔、貶低之中成長的我，總是找不到自身的價值。因此即使在學校獲老師稱讚時，還是會感到惶恐，有時候眼淺更會哭出來。問及母親，幼稚園時我是怎樣的，她回答，我是那種極之「硬頸」的小孩。即使沒人強迫，也要求自己100分。好像一次中文默書，我只得90多分，當時我只有幾歲，卻要求老師給我再考一次的機會。回想起來，確實能夠成為茶餘飯後的笑料。然而，是甚麼令一名本應天真無邪的孩子，變得如此執著分數？

我想，整個香港的社會氣候以及家庭成長環境，都一直打擊著我。使我想反抗，卻又毫無能力。我是那種——在成績表的老師評論欄裡，經常被寫上「過分安靜」的孩子。因為我的吶喊，全部都在文章之中。

記得我小學時自理能力差，被同學排斥。因為連鼻涕也擦不好，所以被男同學譏笑，叫我做「鼻涕蟲」。當時我還是玻璃心，不懂處理傷悲，於是在一次作文堂上將感受寫出來。後來，老師抓我出來，問我文中所寫是否屬實。其實我大可告狀，但那時候不知為何回答了：「文中寫的只是虛構，是故事。」

沒錯，作文是我逃避的地方，小說是我可以用來蓋傷疤的繃帶。可當我沉默時，其實淚一直在流。

是甚麼令我成為那麼不誠實的孩子？因為害怕欺凌。上中學之後，我令自己變身為擅長交際的人，身邊總有四、五個朋友，而且班中也沒有敵人。但我一放學往往想立即回家，感覺校園內沒有心靈的居所。

慶幸是我經已長大成人，不需要再受束縛了。可有時候我還是會發夢，夢見回到教室，對我而言是噩夢。

我認為，學校除了是讓你習得知識的地方，還是你尋找社會位置的地方。有人追求成績，有人沉迷課外活動。雖然在香港地，成績被視作最重要，但緊要的是你想做甚麼，你認為自己可以作出甚麼貢獻。別說得太宏大，而是要找到令你開心的源頭。即使是多麼小的夢想——想成為有錢人，想養一隻貓，想談一段好好的戀愛……一片土地必須充滿希望，目標才能發展。而這些價值觀，正正是在學校中，人與人之間交流、摩擦學習得來的。假若失去這些，我們只會成為工具人。

在海量的知識裡，能有一樣東西令你熱衷、沉醉，那之前所有工夫都不會是白費的，因為那是令你變得獨一無二的路徑。學校裡人太多，雖然會有被不安感吞噬的恐懼，但正因為迷茫，方可以找到定位。當然，也有思想扭曲的學生和老師，但不是全部人都一樣，大家只是在猶豫甚麼才是正確罷了。

你們不必認為這本書中所講的一定是對的，我只是藉著故事提供一部分個人想法。此故事的靈感，可追溯自一些過往的校園生活，周圍也有做老師的親戚朋友，透過聆聽，綜合了一些看法，希望給學生和老師都帶來訊息，即使負面，也是為了反思。

其實遇見問題時，不應自怨自艾，說這個世界不公平，而應該嘗試改變現狀，打破局面。教育的核心，大概就是誘導學生建立人生，因應個性，培養專長，要活得快樂，如此而已。

孤島教室

作者——柏菲思
封面插圖——Mari Chiu
編輯——阿丁 Ding
出版——格子盒作室 gezi workstation
郵寄地址：香港中環皇后大道中 70 號卡佛大廈 1104 室
臉書：www.facebook.com/gezibooks
電郵：gezi.workstation@gmail.com
發行——一代匯集
聯絡地址：九龍旺角塘尾道 64 號龍駒企業大廈 10B&D 室
電話：2783-8102
傳真：2396-0050
承印——美雅印刷製本有限公司
出版日期——二〇二〇年七月（初版）
國際書號——ISBN 978-988-79670-2-6

格子盒作室
gezi workstation